Collection ÉDOUARD SMITH

OBJETS D'ART

ET DE

RICHE AMEUBLEMENT

du XVIIIᵉ Siècle

HOMO
ADDIT
NATVRÆ
IMPRIMERIE DE L'ART.

Collection Édouard Smith

OBJETS D'ART

ET DE

RICHE AMEUBLEMENT

DU XVIIIᵉ SIÈCLE

PARIS. — IMPRIMERIE DE L'ART

E. MÉNARD ET Cⁱᵉ, 41, RUE DE LA VICTOIRE, 41

CATALOGUE

DES

OBJETS D'ART

ET DE

RICHE AMEUBLEMENT

DU XVIIIᵉ SIÈCLE

Porcelaines, Faïences, Miniatures, Objets de vitrine, Boîtes, Bijoux, Argenterie
Objets variés européens et orientaux, Vitraux, etc.

QUATRE BEAUX SPHINX EN TERRE CUITE

De l'époque Louis XV

MARBRES, BRONZES D'ART, LUSTRE ET APPLIQUES EN FER

Bronzes Louis XVI d'ameublement

Belles Girandoles, Appliques, Flambeaux, Chenets

PENDULES ET HORLOGES

MEUBLES EN BOIS SCULPTÉ ET DORÉ

Beau Baromètre Louis XVI, Belle Porte Louis XIV en chêne, Nombreux Sièges

Petit Canapé Louis XVI à trois places

Glaces et Miroirs, Meubles en marqueterie garnis de cuivre

Riches Broderies sur satin

TRÈS BELLE TAPISSERIE

Le tout composant la Collection Édouard SMITH

ET DONT LA VENTE, PAR SUITE DE DÉCÈS, AURA LIEU

HOTEL DROUOT, SALLES Nᵒˢ 8 ET 9

Les Mercredi 26, Jeudi 27, Vendredi 28 Février, et Samedi 1ᵉʳ Mars 1890

À DEUX HEURES

COMMISSAIRES-PRISEURS

Mᵉ BAILLY   Mᵉ LÉON FONTAINE

16, rue de la Banque, 16      42, rue Blanche, 42

EXPERT

M. CHARLES MANNHEIM

7, rue Saint-Georges, 7

EXPOSITIONS

PARTICULIÈRE : *Le Lundi 24 Février 1890, de 1 h. à 5 h. 1/2*
PUBLIQUE : *Le Mardi 25 Février 1890, de 1 h. à 5 h. 1/2*

CONDITIONS DE LA VENTE

Elle sera faite au comptant.

Les adjudicataires payeront *cinq pour cent* en sus des enchères applicables aux frais.

L'exposition mettant le public à même de se rendre compte de l'état des objets, il ne sera admis aucune réclamation une fois l'adjudication prononcée.

ORDRE DES VACATIONS[*]

Le Mercredi 26 Février 1890

Tableaux	N°	1 à 8
Dessins et aquarelles		9 à 17
Porcelaines de Sèvres		18 à 25
Porcelaines diverses, pâte tendre	—	26 à 35
Porcelaines diverses, pâte dure	—	36 à 44
Porcelaines de Saxe et d'Allemagne		45 à 60
Porcelaines de Chine et du Japon	—	61 à 102
Faïences	—	103 à 119

Le Jeudi 27 Février 1890

Miniatures	—	120 à 126
Objets de vitrine	—	127 à 139
Boîtes	—	140 à 147
Bijoux	—	148 à 178
Argenterie	—	179 à 193
Objets variés européens	—	194 à 205
Objets variés orientaux	—	206 à 218
Vitraux		219 à 222

Le Vendredi 28 Février 1890

Verrerie	—	223 à 228
Fers	—	229 à 233
Sculptures en marbre et en terre cuite	—	234 à 239
Bronzes d'art	—	240 à 249
Bronzes d'ameublement	—	250 à 264
Pendules, horloges, cartels		265 à 275
Sièges	—	276 à 312
Meubles en bois doré	—	313 à 327
Meubles en bois sculpté	—	328 à 340
Glaces	—	341 à 350

[*] N. B. *L'ordre numérique ne sera pas suivi.*

Le Samedi 1ᵉʳ Mars 1890

Désignation des Objets

TABLEAUX

JADIN

1 — Trophée de chasse.

Lièvres, lapins, faisans et diverses pièces de gibier, suspendus
sur un mur contre lequel est appuyé un fusil.

Haut.. 1 m. 42 cent.; larg.. 1 m. 15 cent.

LOO

I. MICHEL VAN

2 — Portrait de femme.

En buste, de face, cheveux bouclés et poudrés, collier de perles,
robe blanche et voilette de gaze fixée dans la coiffure,

Toile ovale. Haut.. 56 cent.; larg.. 47 cent.

MARILHAT

3 — Paysage boisé.

Avec rivière traversée par un pont.

Signé en bas, à gauche.

Toile. Haut., 44 cent.; larg., 65 cent

SAUVAGE

4 — Bacchus, Ariane et les Amours.

Grande peinture décorative en grisaille, simulant un bas-relief de marbre ; elle est placée dans un cadre Louis XV en bois sculpté et doré, à motifs de rocailles, d'algues et de rinceaux entremêlés de festons de roses.

Haut., 1 mi. 70 cent. ; larg., 2 mètres.

ÉCOLE FRANÇAISE

XVIII° siècle

5 — Portraits de deux religieuses.

En costume monastique, noir et blanc, elles sont représentées à mi-jambes et assises. L'une est occupée à peindre une miniature sur un petit bureau de forme Louis XV ; l'autre, la palette à la main, indique une toile représentant un paysage, posée sur son chevalet. Cadre Louis XV, en bois sculpté et doré.

Haut., 65 cent.; larg., 80 cent.

ÉCOLE FRANÇAISE

(Fin du xviiie siècle)

6 — Les Saisons.

Trois dessus de portes à fond blanc, représentant des compositions allégoriques : l'Été, l'Automne, l'Hiver,

Haut., 55 cent ; larg. 1 m. 42 cent.

ÉCOLE HOLLANDAISE

(xviie siècle)

7 — Marines.

Deux pendants, mer houleuse et tempête.

Haut., 34 cent ; larg., 80 cent.

ÉCOLE ITALIENNE

(xviie siècle)

8 — Le Repos de la Sainte Famille.

Bois. Haut., 48 cent ; larg., 36 cent.

DESSINS & AQUARELLES

BOURGOIN

9 — Deux portraits de femmes de l'époque Louis XV.

Dont un passe pour représenter Mlle Duthé.

Croquis au crayon noir.

Haut., 17 cent.; larg.. 13 cent.

GÉRICAULT

10 — Voiturier arrêté à la porte d'une auberge.

Dessin à la plume, lavé d'encre de Chine.

Cadre ancien en chêne sculpté à lauriers.

Haut.. 12 cent.; larg.. 16 cent.

GIROUX

(ACHILLE)

11 — Chevaux attelés à un chariot.

Aquarelle signée.

Haut., 35 cent.; larg.. 44 cent.

REGNAULT

(HENRI)

12 — Trois études de chiens.

Dessins à la mine de plomb.

Dans un même cadre.

13 — Quatre études de chats.

Dessins à la mine de plomb.

Dans un même cadre.

14 — Canards au bord d'un ruisseau.

Dessin à la mine de plomb, avec rehauts d'aquarelle.

Signé : *Louise d'Orléans, 8bre 1829.*

Haut., 14 cent.; larg., 18 cent

15 — Paysage.

Dessiné à la plume, rehaussé d'aquarelle.

Au-dessous est tracée l'inscription suivante : *Fait par Madame la princesse de Lamballe, à Montboissier, le 19 juillet 1781.*

Haut., 11 cent.; larg., 16 cent.

16 — Vue de ville.

Petite gouache ovale, de l'École moderne.

Elle est appliquée sur une planche garnie de velours grenat.

Haut., 9 cent.; larg., 11 cent.

17 — Vue des bords de la Seine.

Aquarelle de la fin du XVIIIe siècle.

Forme ovale.

PORCELAINES DE SÈVRES

18 — Huit pièces en ancienne porcelaine de Sèvres, pâte tendre, décorées par Taillandier de guirlandes de fleurs polychromes suspendues par des rubans bleus. Théière ovoïde, sucrier couvert et six tasses culs-de-poules avec soucoupes lobées. Lettre B 1754. — Hauteur de la théière, 12 cent. ; diamètre des soucoupes, 13 cent.

19 — Très petite tasse droite et sa soucoupe, en vieux Sèvres, pâte tendre, à décor de fleurs et d'ornements dorés. — Diamètre de la soucoupe, 8 cent.

20 — Tasse trembleuse, obconique, à anse double, présentoir et couvercle, en ancienne porcelaine de Sèvres, pâte tendre, à décor de petits cartels roses reliés par des entrelacs de guirlandes et de festons, en émaux de couleurs et en dorure. Le bouton du couvercle est formé d'une graine en bronze ciselé et doré. Lettre S. — Diamètre de la soucoupe, 12 cent.

21 — Deux salières doubles sur pieds contournés, en ancienne porcelaine de Sèvres, pâte tendre, fond rose parsemé d'œils de perdrix bleus ponctués d'or. Lettre P. — Long., 12 cent.

22 — Tasse droite et sa soucoupe, en ancienne porcelaine de Sèvres, pâte tendre, à décor de bouquets alternés, roses et bluets, et de festons de feuilles et de rinceaux en dorure. Bordure lobée à fond bleu strié d'or. — Diamètre de la soucoupe, 11 cent.

23 — Sucrier couvert en ancienne porcelaine de Sèvres, pâte tendre, décorée de bouquets polychromes. Une fleurette émaillée jaune forme le bouton du couvercle. — Haut., 12 cent.

24 — Plateau quadrilobé en vieux Sèvres, pâte tendre, décoré d'un semis de roses. — Longueur du plateau, 18 cent.

25 — Deux pièces en ancienne porcelaine de Sèvres, pâte dure, à décor de fleurs : petit poêlon à manche de bois et sucrier sans couvercle. — Longueur du poêlon, 15 cent.

PORCELAINES DIVERSES

PATE TENDRE

26 — Huilier barlong et à bords contournés, en ancienne porcelaine tendre de Mennecy, à décor de fleurs polychromes. Les porte-burettes ajouré en manière de vannerie sont émaillés jaune ; les bords de la pièce sont relevés de filets et de dentelures d'émail bleu. Deux burettes en verre de Bohême gravé, garnies d'une ancienne monture à godrons en argent, accompagnent cet huilier. — Longueur de l'huilier, 24 cent. ; hauteur des burettes, 15 cent.

27 — Deux seaux côtelés en ancienne porcelaine de Chantilly, à décor de bouquets polychromes. Les anses sont formées de branchages entrelacés. — Haut., 12 cent.

28 — Salière en vieux Chantilly polychrome, à trois récipients juxtaposés et bordés de godrons. Celui du milieu est circulaire et pourvu d'un couvercle en forme de coquille : les deux autres sont barlongs et à huit pans : leur pourtour concave est décoré de fleurettes. — Haut., 6 cent. : long., 16 cent.

29 — Écuelle couverte en Chantilly, à décor polychrome d'arbustes fleuris dans le goût chinois. Le bouton du couvercle est formé d'une graine en argent. — Diam., 10 cent. 1 2.

30 — Moutardier en forme de baril, en ancienne porcelaine tendre de Mennecy-Villeroy, décoré de fleurs polychromes : le couvercle est surmonté d'un fruit. — Haut., 8 cent.

80/90

31 — Deux pots à pommade en ancienne porcelaine de Mennecy-
Villeroy, décorés de bouquets polychromes et à couvercles
lobés surmontés d'un fruit. — Haut., 8 cent.

250

32 — Deux seaux en ancienne porcelaine tendre de Saint-Cloud,
entièrement blancs, décorés de branchages et de godrons en
relief et munis chacun en guise d'anses de deux mascarons
grimaçants. Marqués en creux $^{S^tC.}_{T}$ — Haut., 18 cent.   *coup de feu*

120

33 — Cafetière à couvercle plat, en ancienne porcelaine, pâte
tendre, de Tournay, à décor polychrome, volatiles et oiseaux
variés; le couvercle est relié à l'anse par une agrafe en
argent. Cette pièce porte la marque, dite à la Tour. —
Haut., 16 cent.

70/40

34 — Deux pots à pommade cylindriques et à couvercles surmontés de fruits, en ancienne porcelaine de Chantilly, à décor
polychrome consistant en bouquets et jetés de fleurs. —
Haut., 9 cent.

50/100

35 — Deux vases émaillés gros bleu, garnis de monture à anses
et piédouche en bronze. — Haut., 17 cent.

PORCELAINES DIVERSES

PATE DURE

70/86

36 — Petit pot à eau, en forme de broc et cuvette ovale, en porcelaine de Clignancourt, à décor de bluets avec rehauts d'or.
— Longueur de la cuvette, 26 cent.

25/70

37 — Petite vase forme Médicis, en ancienne porcelaine, pâte
dure, décorée de chiens et d'oiseaux en camaïeu rose, et garni
d'anses cariatides en bronze. — Haut., 12 cent.

38 — Deux vases Louis XVI, en biscuit blanc, semi-ovoïdes, enguirlandés de laurier et ornés d'une boucle fleuronnée ; la gorge du col et le culot sont cannelés. Les piédouches reposent sur une plinthe carrée portant en creux l'inscription : « Mre de Mr le duc d'Angoulême, à Paris ». — Haut., 27 cent.

39 — Pot à eau et sa cuvette oblongue, en porcelaine, pâte dure, de la fabrique de Dihl, à décor polychrome consistant en bouquets, pentes de fleurs et festons de feuillages. — Longueur de la cuvette, 31 cent.

40 — Groupe en biscuit de porcelaine du temps de Louis XVI, représentant deux jeunes filles faisant des offrandes à l'Amour. — Haut., 32 cent.

41 — Figurine en biscuit de Niderwiller : le Savetier dans son échoppe. — Haut., 25 cent.

42 — Trois pièces en ancienne porcelaine dure décorée, de Paris ; cafetière décorée d'un semis de roses, sucrier de Locré, à vases et arabesques, et petite tasse à filets en dorure. — Hauteur de la cafetière, 19 cent.

43 — Trois pots à crème couverts, décorés d'un semis de roses, ancienne porcelaine de Paris.

44 — Trois pièces : saladier, sucrier, pot à crème, en porcelaine de Paris, à décor de bluets.

PORCELAINES DE SAXE ET D'ALLEMAGNE

45 — Petit cartel à mouvement de montre, au nom de Moisy, à Paris, enrichi de fleurettes en vieux Saxe et supporté par un éléphant de même porcelaine, décoré au naturel et posé sur

une terrasse rocaille en bronze doré garnie de fleurs en porcelaine. Époque Louis XV. — Haut., 19 cent.

200

46 — Six petites tasses et leurs soucoupes, à bords festonnés, en
ancienne porcelaine de Saxe, à godrons en relief et à décor
de bouquets polychromes finement peints. — Diamètre des
soucoupes, 11 cent.

350

47 — Fontaine piriforme à anses et pieds hauts, contournés et
feuillagés, et à couvercle bombé surmonté d'une fleur en
ancienne porcelaine de Saxe, décorée d'arbustes fleuris polychromes et relevés d'or, dans le goût chinois. — Haut.,
35 cent.

1500

48 — Six figurines de Chinois et de Chinoises en ancienne porcelaine de Nymphenburg, portant de riches costumes décorés en
émaux polychromes et rehaussés de dorure. — Haut., 18, 15,
10 cent. *marques et rest.*

49 — Figurine de Chinois assis sur un coussin, au sommet d'un
piédestal quadrangulaire. Ancienne porcelaine de Nymphenburg, rehaussée d'émaux roses et noirs, et de dorure. — Haut.,
27 cent.

300

50 — Quatre petits vases de forme Louis XV, relevés de hachures
roses et posés sur des piédestaux quadrangulaires à décor de
fleurs polychromes encadrées de filets dorés. Ancienne porcelaine de Nymphenburg. — Haut., 16 cent. *un rest.*

180

51 — Cafetière Louis XV en ancienne porcelaine de Saxe, gaufrée
en vannerie et décorée de bouquets peints en camaïeu rose
relevé de vert; plus, une cuillère de même porcelaine. —
Haut., 19 cent.

400

52 — Petit arrosoir en ancienne porcelaine de Saxe, à décor
polychrome : bouquets et guirlandes. — Haut., 15 cent.

53 — Grande tasse droite et sa soucoupe, d'ancienne porcelaine de Saxe, à décor polychrome de festons de fleurs et de rubans bleus avec bordure à fond rouge striée d'or. — Diamètre de la soucoupe, 15 cent.

54 — Deux vases ovoïdes, à couvercles ajourés munis de têtes de femmes égyptiennes, en manière d'anses, reliées par des guirlandes de feuilles en relief retombant sur la panse. Ils sont décorés, chacun, de deux médaillons polychromes finement peints, dans le goût de Watteau, et relevés d'émaux vert et rose et de dorure. Saxe Marcolini. — Haut., 37 cent.

55 — Deux jardinières cylindriques en vieux Saxe, à décor de branches de fleurs polychromes et relevées d'or, dans le goût chinois. Monture Louis XV en bronze ciselé et doré : base et collerette à feuillages, munie de deux poignées contournées. — Haut., 10 cent.

56 — Grande soupière couverte, de forme contournée, en vieux Saxe, à ornements gaufrés et fleurs peintes en couleurs, avec rehauts d'or. Le couvercle est surmonté de fruits, de légumes et d'une perdrix décorée au naturel. — Haut., 40 cent.

57 — Socle de vieux Saxe, à pourtour concave et à angles en chanfrein, à décor de fleurs polychromes en des encadrements de rocailles en relief relevés de dorures. — Haut., 8 cent.; long., 19 cent.; profond., 12 cent.

58 — Vase Louis XV en ancienne porcelaine de Berlin, partiellement gaufrée en vannerie et émaillée rose : il a deux anses et un couvercle ajouré : sur la panse est tracée la lettre S, faite de festons de fleurs et rehaussée d'or. — Haut., 38 cent.

59 — Figurine d'amour assis et tenant un cartouche et une guirlande. Vieux Saxe.

60 — Trois petites pièces en Saxe : deux corbeilles carrées, gaufrées en vannerie, et une petite coupe à décor de fleurs polychromes.

PORCELAINES DE CHINE ET DU JAPON

61 — Grande théière conique, à anse contournée et goulot terminé par une tête chimérique, en ancienne porcelaine du Japon, décorée de fleurs et d'arbustes en bleu, rouge et or sur émail blanc. Cette pièce est garnie d'une monture en argent ciselé et gravé. — Haut., 30 cent.

62 — Deux grands vases en forme de balustre, à deux anses détachées, en céladon gris craquelé, décorés d'ornements réservés et émaillés bleu sur blanc, tels que : vases de fleurs, objets mobiliers, fruits, oiseaux, nuages et flots. — Haut., 60 cent.

63 — Deux potiches couvertes d'ancienne porcelaine de Chine, décorées de sujets à nombreuses figures et de scènes enfantines en émaux de la famille verte. — Haut., 43 cent.

64 — Pitong hexagonal en porcelaine de Chine, à décor de cerfs, de grues, de vases et de fleurs en émaux polychromes. — Haut., 14 cent.

65 — Pot à eau et cuvette ovale, en ancienne porcelaine de Chine, à décor d'oiseaux et d'arbustes fleuris, en émaux de la famille verte, rehaussés de dorure. Le couvercle du pot est relié à l'anse par une ancienne monture en argent gravé. — Haut., 22 cent.; longueur de la cuvette, 30 cent.

66 — Deux lampes à gaz en bronze, de style Louis XVI, montées sur des potiches de vieux Japon, à décor d'oiseaux, de pivoines et de chrysanthèmes, en bleu, rouge et or. — Haut., 60 cent.

manque

67 — Jardinière carrée, à angles abattus, décorée de fleurettes et d'ornements en relief rehaussés d'émaux polychromes et de dorure. Ancienne porcelaine de l'Inde. — Haut., 18 cent.

68 — Petit cornet octogonal en vieux Chine, décoré de figures en bleu sur émail blanc. — Haut., 20 cent. *ébréché, fêlé*

69 — Bol en ancienne porcelaine de Chine, décoré en émaux de la famille verte, à médaillons de fleurs, paysages et animaux fantastiques; sur pied en bois de fer. — Haut., 15 cent.; hauteur du pied, 13 cent.; diam., 32 cent. *fract.*

70 — Deux vases ovoïdes, dits pots à tabac, en ancienne porcelaine du Japon, à décor d'oiseaux et de fleurs arabesques en bleu, rouge et or. — Haut., 21 cent. *bords sup. coupés*

71 — Deux jolies assiettes creuses d'ancienne porcelaine de Chine, décorées en émaux polychromes et rehaussées d'or; au fond, un groupe de vases et d'objets mobiliers; à la chute, une bande ornementale sur fond mosaïque émaillé bleu turquoise; au marli, quatre branches de fleurs. — Diam., 22 cent.

72 — Deux assiettes de vieux Chine, à décor en émaux de la famille rose, représentant trois personnages sur un balcon, regardant passer une cavalcade; marli à réserves sur fond de mosaïque. — Diam., 22 cent.

73 — Vase couvert, lobé et formant porte-montre, en ancienne porcelaine de l'Inde, décoré de fleurettes en relief, émaillées en couleurs et rehaussées d'or. — Haut., 17 cent.

74 — Deux compotiers en ancienne porcelaine mince de la Chine, décorés en émaux polychromes. Au fond, un grand médaillon lobé représente un paysage avec cours d'eau où voguent des jonques à proximité d'un pont; ce médaillon est encadré de petits rinceaux d'émail rose et la bordure à dessin mosaïque

en noir sur fond d'or est interrompue par trois réserves à
fleurs. Revers émaillé carmin. — Diam., 20 cent. *un fêlé*

75 — Plat en vieux Chine, à décor de chrysanthèmes et d'arbustes
avec bordure à mosaïque, en émaux de la famille rose. —
Diam., 36 cent. *rest*

76 — Plat en vieux Chine, décoré en émaux de la famille verte :
un médaillon central, contenant une corbeille de fleurs, est
entouré de huit compartiments radiés représentant des brûle-
parfums, des objets sacrés, des plantes, des fleurs. La bordure
à fond vert, figurant des carrelages variés, est interrompue par
six réserves à fleurs. — Diam., 37 cent.

77-78 — Quatre plats de vieux Chine à décor de fleurs et de
feuilles, en bleu sur émail blanc. — Diam., 36 cent.

79 — Théière à corps ovoïde en terre rouge de Boccaro à ornements gravés et nervures en relief, avec jolie monture en
argent ciselé dans le goût chinois et dorée partiellement :
goulot, couvercle et anse surélevée. — Haut., 17 cent.

80 — Plat rond en vieux Chine à décor d'oiseaux, de poissons et
de plantes en fleurs, en émaux de la famille verte avec rehauts
d'or. La bordure à fond vert pointillé de noir est interrompue
par quatre réserves à branches de fleurs. — Diam., 36 cent. *rest.*

81 — Plat rond en vieux Japon à décor de fleurs et de palissades,
en bleu, rouge et or. — Diam. 35 cent.

82 — Deux assiettes variées de décor, en porcelaine de Chine.

83 — Tasse haute sans anse et couverte, en vieux Chine, à décor
d'oiseaux et d'inscription en noir, rouge et or. Ancienne monture d'argent gravé. — Haut., 14 cent.

84 — Deux petites tasses sans anse et leurs soucoupes, en ancienne
porcelaine de Chine très finement décorée de fleurs arabesques en émaux de couleurs et en dorure. — Diamétre des
soucoupes, 11 cent.

85 — Tasse sans anse et sa soucoupe, décorées à l'encre de Chine.
avec rehauts d'or, de réserves à fleurs et papillons sur fond de
mosaïque. — Diamétre de la soucoupe, 11 cent.

86 — Deux vases cylindriques à col court annelé, en porcelaine
de Chine à fleurs et arabesques gravées sous couverte d'émail
bleu. La bague du col est émaillée brun. Monture en bronze.
— Haut., 30 cent.

87 — Deux flacons-aspersoirs à corps ovoïde et long goulot à
décor d'oiseaux, de fleurs et de clôtures en émaux de couleur
relevés d'or. L'orifice est fretté d'argent. — Haut., 23 cent.

88 — Potiche et deux cornets en vieux Chine à réserves en forme
de feuilles, contenant des fleurs en émaux de couleurs, sur fond
brun. Socle en bois. — Haut., 27 et 23 cent.

89 — Statuette de personnage à longue barbe noire, assis et lisant:
il est revêtu d'un riche costume rehaussé de dorure. Cette
pièce est accompagnée d'un socle de bois dur à ornements
sculptés. — Hauteur de la statuette, 26 cent.

90 — Bouteille quadrilatérale en vieux Japon, à fleurs et paysages
peints en bleu sur émail blanc. Bouchon en étain. — Haut..
30 cent.

91 — Deux petits vases en porcelaine de Kien-Long, à fond jaune
chargé de fleurs arabesques polychromes et à double réserve
représentant une femme debout sur un tronc d'arbre affectant
la silhouette d'un dauphin et naviguant sur les flots de la mer.
Monture en bronze. — Haut., 22 cent.

92 — Encrier carré et poudrière rectangulaire, vieux Japon, adaptés sur un plateau carré en bois de fer, à galerie sculptée à jour et garni d'écoinçons en cuivre gravé et doré. — Dimension du plateau, 26 cent., sur 26 cent.

93 — Deux tasses à anses et leurs présentoirs en porcelaine de Chine, à décor de fleurs en émaux de la famille verte relevés d'or. — Diamètre des soucoupes, 13 cent.

94 — Deux salières ovales à pourtour découpé à jour et à récipients mobiles; plus, deux plateaux lobés en porcelaine du Japon, à décor de fleurs en bleu, rouge et or. — Longueur des plateaux, 12 cent.

95 — Tasse obconique, couverte, en vieux Japon, à fleurs arabesques en bleu, rouge et or. Le couvercle est bordé d'un cercle à godrons en argent. — Haut., 10 cent.

96 — Bol en porcelaine de Chine, du règne de Kien-Long, décoré extérieurement de quatre réserves à vases sur fond rose et intérieurement d'une rosace et d'ornements en bleu. — Diam., 15 cent.

97 — Petit vase en forme de balustre en vieux Chine, décoré de fleurs arabesques en bleu sur émail blanc. Marque à la feuille. Monture en argent composée d'une collerette découpée à jour et d'un socle à godrons. — Haut., 20 cent.

98 — Petit vase cylindro-ovoïde à col recouvert d'une capsule, en vieux Chine, décoré en bleu sur émail blanc, de fleurs et de lambrequins opposés. — Haut., 20 cent.

99 — Deux plateaux rectangulaires et à bords droits, en ancienne porcelaine de l'Inde à décor polychrome; l'un représente une scène d'amour, l'autre un vieillard dans la campagne remettant ses babouches. — Long., 26 cent.; larg. 17 cent.

100 — Compotier en porcelaine de Chine, décoré en émaux de la famille rose, d'une corbeille fleurie et d'une bordure dentelée à fleurs et mosaïque avec rehauts d'or. — Diam., 23 cent.

101 — Lot de plats, assiettes, tasses, en porcelaine du Japon.

102 — Deux vases cylindriques, décorés en bleu de plantes et d'insectes, en porcelaine moderne du Japon. — Haut., 26 cent.

FAIENCES

103 — DELFT. Cruche à panse godronnée en vieux Delft polychrome et doré, décoré d'un grand médaillon quadrilobé représentant un paysage encadré de fleurs et d'ornements dans le goût chinois. Monture en argent repoussé et doré; socle et couvercle à godrons. — Haut., 23 cent.

104 — DELFT. Brosse à dos de faience, à décor polychrome de fleurs dans le style chinois. — Long., 13 cent.

105 — DELFT. Petite plaque à bord saillant, décorée de figures sur les deux faces, en bleu sur émail blanc. — 13 cent.

106 — DELFT. Fromagère à bords contournés, décorée extérieurement de paysage chinois et intérieurement de festons de fleurs, en bleu sur émail blanc. — Diam., 24 cent.

107 — DELFT. Flambeau à tige et base carrées, décoré de fleurs et de rinceaux en bleu sur émail blanc, dans le style rouennais. — Haut., 16 cent.

108 — NEVERS. Lanterne à main, cylindrique et à toiture conique percée d'ouvertures rondes, en faience de Nevers à décor

polychrome, représentant des barques sur l'eau. En haut,
l'inscription : *Andoche — Boursint marinier à Nevers 1785.*
— Haut., 23 cent.

109 — JAPON. Pot couvert en forme de baril, en poterie du Japon
décorée de fleurs polychromes, relevées de filets d'or. —
Haut., 20 cent.

110 — CASTELLI. Plaque ronde à décor polychrome représentant
un port de mer italien. Signée : *D' F. Grue.* — Diam., 19 cent.

111 — CASTELLI. Plaque rectangulaire à décor polychrome représentant des cavaliers sur une route bordant un pré où paissent
des moutons. — Haut., 23 cent. : larg., 31 cent.

112 — CASTELLI. Plaque rectangulaire, en hauteur, à décor polychrome représentant Noé entouré des animaux, à la sortie de
l'arche. — Haut., 27 cent. ; larg., 20 cent.

113 — CASTELLI. Assiette à décor polychrome représentant un
paysage. — Diam., 25 cent.

114 — ROUEN. Deux pièces : fontaine côtelée, décorée en bleu de
rinceaux, de feuillages et de montants ornementaux avec
robinet en étain, et un bassin de même faïence à fleurettes
polychromes. — Hauteur de la fontaine, 38 cent.

115 — STRASBOURG. Trois pièces : encrier à couvercle d'étain et
deux assiettes à décor de fleurs.

116 — STRASBOURG. Sucrier ovale à décor de bouquets polychromes ; deux carottes forment le bouton du couvercle. —
Long., 15 cent.

117 — STRASBOURG. Pot à eau à fleurs et feuillages gaufrés en

relief et rehaussés d'émaux de couleur où le carmin domine,
et une cuvette ovale d'ornementation analogue. — Longueur
de la cuvette, 35 cent.

118 — RAEREN. Grosse cruche à corps ovoïde et col cylindrique
en grès gris, décorée d'un écusson d'armoirie et parsemée de
mascarons, en saillie sur un fond émaillé bleu. — Haut.,
32 cent.

119 — FAIENCE ALLEMANDE. Cruche d'ancienne faïence à fond
blanc, décorée de fleurs et d'insectes en émaux polychromes.
Monture en étain. — Haut., 32 cent.

MINIATURES

120 — Miniature ovale sur ivoire : Portrait de femme, en buste,
de profil, de l'époque Louis XV, dans un cadre d'or à filets
d'émail bleu, surmonté d'une gerbe de feuillages en brillants.
Écrin en maroquin doré au fer. — Haut., 8 cent.; larg.,
45 millim.

121 — Miniature ovale sur ivoire : Portrait de jeune fille en costume de villageoise, vue de face et en buste. Elle est fixée
sur une planche garnie de velours. — Haut., 65 millim.;
larg., 53 millim.

122 — Jolie miniature ovale sur vélin : Portrait de jeune femme,
de trois quarts et en buste, en robe blanche, coiffée d'un petit
bonnet brodé de perles. Époque Louis XIII. — Haut., 9 cent.;
larg., 7 cent.

123 — Miniature ovale sur ivoire : Portrait de femme de l'époque
Louis XV, à coiffure haute et poudrée, avec rubans et voi-

lette, et à robe décolletée garnie de fourrure. Cadre en argent
doré, à rubans et guirlandes de lauriers. — Haut., 4 cent.;
larg., 3 cent.

124 — Six miniatures sur ivoire, cinq de forme ovale et la sixième
rectangulaire, fixées sur une planche de velours cramoisi :
Deux portraits de femme, l'une en costume Louis XIV, l'autre
en costume Louis XV, et quatre portraits d'hommes, magis-
trat, abbé..., de Louis XIV à Louis XVI.

125 — Portrait de jeune fille, en buste, portant un riche costume
du xvie siècle, miniature rectangulaire entourée de velours et
placée dans un cadre de cuivre du xvie siècle, lobé, à fleurons
et rinceaux détachés. — Diamètre du cadre, 17 cent.

126 — Miniature ovale peinte à l'huile : Portrait d'un noble personnage, à mi-corps, vêtu de noir, avec parement d'hermine,
et portant les insignes de la Toison d'or et du Saint-Esprit.
Cadre en bois sculpté, à rinceaux, surmonté d'un blason timbré d'un casque à grilles. — Haut.; 13 cent.; larg., 11 cent.

OBJETS DE VITRINE

127 — Flacon à thé, quadrilatéral, en écaille de l'Inde, décoré de
scènes chinoises en incrustations d'argent finement gravé.
Monture en argent. Il porte la signature : *H. Voet f.* xviii^e
siècle. — Haut., 13 cent.

128 — Nécessaire de poche décoré au vernis Martin de chiens et
de volatiles encadrés de rinceaux déliés en fil d'argent incrusté.
Monture en vermeil. Il contient un carnet de bal, deux fla-
cons, un miroir et un porte-mine. Époque Louis XV. — Haut.,
8 cent.

129 — Boussole de marine en argent gravé, du xviiiᵉ siècle, signée Johann Martin. — Diam., 12 cent.

130 — Haut-relief en fer représentant Louis XIV (?) costumé à l'antique, tenant le bâton de commandement et montant un cheval qui piaffe ; le bâton et certains ornements du costume sont plaqués d'or. — Haut., 9 cent.; larg., 9 cent.

131 — Deux petites agrafes-appliques en bronze ciselé et doré, représentant une lyre sur un fût cannelé enguirlandé de lauriers et supporté par un cul-de-lampe à feuilles d'acanthe terminé par une grappe. Époque Louis XVI. — Haut., 17 cent.

132 — Trois petites agrafes-appliques ; deux sont formées de couronnes de roses en bronze ciselé et doré ; la troisième représente une corbeille de fleurs. — Diam., 45 millim.

133 — Petit cadre de bronze patiné noir, à cariatides, mascarons et guirlandes.—Ouverture : haut., 10 cent. 1/2 ; larg., 9 cent.

134 — Serrure en bronze doré, à moulures, feuilles et ornementation Louis XV. — Long., 44 cent.

135 — Deux chenets de la fin du xviiiᵉ siècle : Lions couchés en regard sur des socles recouverts de draperies fixées par des cordelières. — Long., 25 cent.

136 — JADE GRIS. Petite coupe ovale et quadrilobée, à anses détachées prises dans la masse et figurant des dragons. Couvercle et socle en bois de fer sculpté et découpé à jour. Travail chinois. — Long., 10 cent.

137 — Deux pommeaux de canne ; l'un, en ancienne porcelaine de Saxe à décor polychrome, figures et guirlandes ; l'autre, en ancienne porcelaine tendre de Saint-Cloud, décorée en bleu : dauphin et feuillages. — Haut., 5 et 4 cent.

138 — Trois pièces : loupe en écaille garnie en argent, ancienne longue-vue en cuivre doré avec cercle en nacre, et petit encrier en argent.

139 — Divers objets : coupe quadrilobée en écaille, fixé rond paysage, deux figurines japonaises en bois sculpté, etc., etc.

BOITES

140 — Boite ronde en jaspe sanguin, à pourtour concave et couvercle plat, avec monture en or ciselé, à rinceaux, rocailles et fleurs en relief. Époque Louis XV. — Diam., 6 cent.

141 — Boite rectangulaire à pourtour concave, en agate blonde moussue, garnie d'une monture en or ciselé. à moulures, rinceaux, rocailles et fleurs. — Long., 55 millim ; larg., 40 millim.

142 — Tabatière rectangulaire en racine, ornée, sur le couvercle. d'une jolie miniature oblongue, peinte sur ivoire par Isabey (signée) et représentant une jeune femme brune, en buste, de trois quarts, avec plumes dans la coiffure et collerette de guipure. Cette miniature est placée dans un cadre d'or ciselé du premier Empire, à corne d'abondance et branches feuillagées. — Long., 9 cent.; larg., 5 cent.

143 — Jolie boite rectangulaire, à angles arrondis, en ancienne porcelaine de Saxe, décorée sur toutes ses faces de vues de ports de mer animées de figurines finement peintes en émaux polychromes sur fond blanc. — Larg., 90 millim.; long., 45 millim.

144 — Boite ronde en argent niellé, à corbeilles de fleurs et ornements. Travail russe. — Diam., 84 millim.

145 — Boite ronde à fond laqué noir, décorée en incrustations

d'or et de burgau, de coqs et de branches de fleurs dans le
le goût chinois. Monture en or. — Diam., 8 cent.

146 — Deux boites rondes, l'une en écaille brune ornée d'une
miniature : Portrait d'homme ; l'autre en poudre d'écaille avec
miniature : Composition allégorique. — Diam , 7 et 5 cent.

147 — Petite boite contournée de porcelaine italienne, en forme
de cuvette, à figures et rocailles gaufrées en relief et relevées
d'émaux de couleurs et de dorure. Couvercle en étain.

BIJOUX

148 — Montre Louis XV à répétition et son double boîtier, en or
repoussé, ciselé et reperçé à jour. Le fond du boîtier représente une scène de l'antiquité, encadrée de rinceaux en bas-
relief.

149 — Montre Louis XVI, en or de couleurs ciselé ; le fond est
décoré de vases, de rinceaux, d'oiseaux et de guirlandes.

150 — Montre Louis XVI en or, à mouvement visible à travers
le verre de la cuvette ; elle est enrichie de jargons.

151 — Montre Louis XV et son double boîtier, en argent
repoussé et reperçé à jour. Le fond du boîtier représente des
figures de la Fable entremêlées de guirlandes et de rocailles.

152 — Grosse montre de voyage à sonnerie, en argent gravé et
reperçé, dans un double boîtier en cuivre cerclé d'argent et
revêtu de cuir. XVIIIe siècle.

153 — Montre ovale du XVIIᵉ siècle, en cuivre gravé, reperçé et
doré, avec dessus et fond en argent. Le cadran est décoré de

figures et d'ornements variés ; le pourtour est orné de rinceaux délicatement ajourés ; la bélière est rattachée par un fleuron. Elle est signée *P. Vallier*.

154 — Montre d'argent, à cadran d'émail fond blanc relevé de bleu et d'or, indiquant l'heure, les minutes, les jours et les quantièmes. La cuvette représente un trophée d'armes avec écusson à l'effigie de Napoléon, et l'inscription en exergue : *L'armée française à Jena en 1806 a vengé Rosbach de 1757.* Sur le pourtour on lit : *A la valeur.*

155 — Deux épingles de cravate en or, l'une surmontée d'un petit disque orné d'une perle ; l'autre en forme de fleur.

156 — Bague marquise en or, à chaton d'émail bleu enrichi d'une améthyste, de petits diamants et de demi-perles. Époque Louis XVI.

157 — Bague Louis XVI en or, à chaton orné d'une miniature peinte en grisaille sur ivoire, dans la manière de De Gault et représentant une scène enfantine.

158 — Bague Louis XVI en or, à chaton elliptique, en argent repercé et enrichi de roses.

159 — Broche en or, formée de petits rinceaux à jour rehaussés d'émaux, enrichis de quatre pierres-tables et formant l'encadrement d'un cabochon de calcédoine saphirine.

160 — Breloquet en or émaillé et enrichi de pierres de couleur ; la plaque inférieure figurant un papillon. Fin du xviiie siècle. — Haut., 20 cent.

161 — Châtelaine en acier avec clef et cachet : la plaque de l'agrafe repercée à jour est ornée d'un médaillon ovale à attri-

buts en or de couleur sur fond émaillé bleu. Époque
Louis XVI. — Haut., 17 cent.

162 — Lot de bijoux, acier et marcassites, plaques de bracelets,
boucle, collier, binocle, etc.

163 — Broche et deux pendants d'oreilles, en or repercé à jour,
garnis de pendeloques et enrichis de petites émeraudes.

164 — Broche en or, ornée d'un camée dur à deux couches : Tête
de femme, tournée de profil.

165 — Deux pendants d'oreilles en or, composés chacun d'une
cornaline gravée en intaille et d'un camée dur : Tête de
femme.

166 — Deux boutons de rose sur une seule tige, en argent fondu
et ciselé, formant cassolette à parfums ; un pétale de la rose
est fixé à charnière et forme le couvercle du récipient.

167 — Deux boucles d'oreilles en or, enrichies chacune de deux
pierres couleur topazes.

168 — Deux pendants d'oreilles en or et argent, en forme de
croix, enrichis de petites roses.

169 — Pendentif en trois pièces : 1° médaillon ovale ajouré, garni
d'une intaille et de perles à facettes en cristal de roche ;
2° croix enrichie de pierres-tables ; 3° croix enrichie de roses.
Monture argent.

170 — Pendentif en forme de croix normande, en argent repercé
à jour avec fleurettes plaquées d'or, enrichi de roses.

171-172 — Onze cachets-breloques en argent, quelques-uns avec
pierres gravées, des XVII° et XVIII° siècles.

173 — Bel éventail du commencement du xviii⁰ siècle, à monture de nacre et d'ivoire gravés, avec ornements en application d'or ; la feuille peinte à l'encre de Chine, dans le goût de Téniers, représente un groupe de personnages se promenant dans la campagne.

174 — Deux bracelets composés de boules en agate grise, avec attaches formées de petites perles.

175 — Plaque de ceinture en argent estampé, à décor de rinceaux, fruits et feuilles.

176 — Plaque de ceinture en argent ciselé, en forme de papillon, composé de rinceaux fleuris, ajourés et garnis de stras.

177 — Lot comprenant plusieurs petits émaux, un camée coquille et divers bijoux.

178 — Bijoux en argent, montre, boucles, agrafes, etc.

ARGENTERIE

179 — Huilier en argent de la fin du règne de Louis XVI, à tige évidée et surmontée d'un vase et à galeries ajourées, décorées de draperies et reliées par une traverse qui porte un fleuron. — Haut., 24 cent.

180 — Deux jolies salières doubles, bouts de table, en argent estampé et découpé à jour, modèles à figures d'amours, guirlandes et rubans, pieds-griffes et pyramide évidée dans l'entredeux. Époque Louis XVI. — Haut., 15 cent.

181 — Sucrier ovale à pourtour ajouré, avec montants en gaines reliés par des guirlandes se rejoignant au-dessus de médail-

lons ovales ; les anses sont formées de branchages et le couvercle à perles et godrons est surmonté d'une pomme de pin. Époque Louis XVI. — Long., 22 cent.

182 — Plateau carré, bordé d'une galerie et supporté par quatre petits pieds cannelés. Fin du xviii° siècle. — 19 cent. sur 19 cent.

183 — Petit sucrier de forme contournée à deux anses, couvercle surmonté d'une fleurette et pieds à feuilles en volutes ; il est décoré de rinceaux de fleurs et de rocaille en relief et gravés. Époque Louis XV. — Haut., 10 cent.

184 — Petite cafetière piriforme, couverte, élevée sur trois pieds, en argent ciselé, décorée d'un médaillon ovale encadré d'attributs et accosté de deux amours tenant des colombes ; sur les côtés du médaillon prennent naissance de jolies guirlandes qui se rejoignent sous la poignée. Une ceinture de feuillages enveloppe le culot. Époque Louis XVI. — Haut., 13 cent.

185 — Pot à crème sur trois pieds feuillagés et à volutes, décoré de guirlandes en relief, ciselées et gravées, avec anse contournée. Époque Louis XV. — Haut., 95 millim.

186 — Bougeoir à bords contournés et à moulures et à manche en rocaille. Époque Louis XV. — Long., 17 cent.

187 — Deux salières triangulaires portées chacune par trois pieds en S, à cariatides et décorées de mascarons, de draperies et de rinceaux, dans le style du xvi° siècle. — Long., 10 cent.

188 — Corbeille en argent à pourtour formé de festons de pampre. Double fond émaillé bleu. Fin du xviii° siècle. — Hauteur, anse comprise, 16 cent.

189 — Bougeoir Louis XIV en argent fondu et ciselé, à plateau

lobé ; il est décoré de rinceaux, de godrons, de coquilles et de fleurons. — Longueur, poignée comprise, 20 cent.

190 — Coupe à déguster, en argent niellé et doré. Orfèvrerie russe. — Long., 9 cent.

191 — Cuillère à saupoudrer à manche uni, et cuilleron formé d'arabesques repercées à jour. Époque Louis XV. — Long., 15 cent.

192 — Fond de sacoche en argent repoussé. Époque Louis XV. — Long., 11 cent.

193 — Petit bougeoir de l'époque Louis XIV, à plateau bordé de godrons. Cuivre argenté. — Long., 15 cent.

OBJETS VARIÉS EUROPÉENS

194 — Plaque rectangulaire peinte en émaux de couleurs avec rehauts d'or, par N. Laudin et représentant sainte Anne faisant lire la Vierge. Cadre de velours. — Haut., 13 cent.; larg., 10 cent.

195 — Petit bas-relief en ivoire sculpté, représentant la Flagellation ; il est surmonté de feuillages et d'une tête de chérubin. xviie siècle. — Haut., 11 cent.; larg., 8 cent.

196 — Petit porte-montre en bois sculpté de l'époque Louis XIV, en forme de pendule, à feuillages et enroulements sculptés en relief et dorés, ressortant sur un fond noirci ; sous l'ouverture se voient deux armoiries d'alliance timbrées d'une couronne comtale et ayant des cigognes pour supports ; ce petit cartel, surmonté d'une figurine de guerrier antique, en argent doré, contient une grosse montre du temps à cadran de cuivre gravé et doré, avec cartouche et filets d'émail. — Haut., 30 cent.

197 — Coffret rectangulaire en bois sculpté, couvert de rinceaux
fleuris, de corbeilles et de coquilles finement sculptés en
relief; au couvercle, un quadrilobe contient un chiffre surmonté d'une couronne. Travail de *Bagard*. — Long., 19 cent.;
larg., 12 cent.

198 — Quêteuse cylindrique en bois sculpté à bas-relief, représentant Saint Michel terrassant le Démon; elle est garnie d'un
fermoir et d'une frette de fer sur laquelle est gravée l'inscription : « Doné par novs Constantin Dumontier et Jacqves
Barberon. 1742. » — Haut., 14 cent.

199 — Petit porte-montre-applique en bois laqué, dans le goût
chinois, à décor en dorure sur fond noir. xviiie siècle. —
Haut., 25 cent.

200 — Écrin rectangulaire en maroquin rouge, doré au petit fer,
avec poignée, plaque de serrure et crochets en argent.
xviie siècle. L'intérieur est garni de satin crême. — Long.,
41 cent.; larg., 33 cent.

201 — Croix composée d'éléments en cristal de roche : base à
facettes, colonnette torse, médaillon et croix, reliés par une
monture en argent doré. — Haut., 30 cent.

202 — Deux bras de mur contournés, en cristal à facette avec
porte-lumière feuillagée en porcelaine de Saxe, et plaquette-
applique à douille en cuivre. — Haut., 30 cent.

203 — Boîte à ficelle, de forme ovoïde, en ivoire tourné, sur socle
de bois noir. — Haut., 11 cent.

204 — Deux volumes : 1° le Grand Trictrac ou méthode facile pour
apprendre sans maître la marche, les termes, les règles, et
une grande partie des finesses de ce jeu, enrichie de
270 planches ou figures... Avignon, 1738. — 2° le Jeu du

trictrac enrichi de figures avec les jeux du revertier, du toutetable, du tourne-case, des dames rabatues, du plain et du toc. Paris, 1715.

205 — Coffret à bijoux rectangulaire, formé de plaquettes de lapis dans une monture à cage et à moulures en bronze doré. Il sort de chez Tahan.

OBJETS VARIÉS ORIENTAUX

206 — Brûle-parfums rond et surbaissé, à couvercle dômé et ajouré, en ancien émail cloisonné de la Chine, à décor de fleurs arabesques en émaux de couleur sur fond bleu turquoise. Il est garni latéralement de deux têtes de chimères à anneaux mouvants et repose sur trois pieds, en bronze doré. Le couvercle est surmonté d'une graine aussi en bronze. — Haut., 26 cent.

207 — Bouteille en bronze de la Chine, à patine foncée, décorée d'incrustations d'argent. — Haut., 25 cent.

208 — Deux vases rouleaux en émail cloisonné de la Chine, à décor de fleurs et d'ornements en émaux polychromes sur fond rouge. — Haut., 35 cent.

209 — Brûle-parfums en bronze, de forme sphérique à trois pieds bas, décoré de fleurs arabesques en relief, à deux anses têtes d'éléphants et couvercle surmonté d'un cerf couché. Travail japonais. — Haut., 29 cent.

210 — Statuette en bois sculpté d'une divinité chinoise, femme drapée, portant un vase et ayant à ses pieds une cigogne et une biche; elle est posée sur un socle de bois noir sculpté et découpé à jour. — Haut., 55 cent.

211 — Garde de sabre du Japon, en fer ciselé et repercé à jour, offrant sur chaque face des figures et des arbres rehaussés en damasquine d'or. — Diam., 85 millim.

212 — Vase rond et couvert, en bois de fer à pourtour sculpté en bas-relief et représentant des figures, des arbres, des kiosques. Travail chinois. — Haut., 12 cent.

213 — Petit paravent japonais à quatre feuilles tendues de soie noire décorée d'oiseaux et de fleurs en broderie de soies multicolores. — Haut., 1 m. 46 cent.

214 — Pitong japonais en ivoire, à décor d'aigles planant à la cime des arbres, en laque saillant et doré. — Haut.. 16 cent.

215 — Peinture à l'aquarelle représentant deux femmes chinoises faisant de la musique dans l'intérieur d'une pièce garnie de meubles en bambou. Cadre à grecques en relief. noir et or. — Haut., 40 cent.; larg., 36 cent.

216 — Bol en laque rouge ciselé de Pékin, à couvercle de bois dur. — Diam., 12 cent.

217 — Cris malais à poignée de bois sculpté se terminant en bec d'oiseau. — Long.. 51 cent.

218 — Coupe-papier en bois et ivoire dans un fourreau de bois décoré d'oiseaux et de fleurs sculptées en relief. Travail chinois. — Long., 22 cent.

VITRAUX, VERRERIE

219 — Vitrail rectangulaire représentant deux guerriers debout, l'un d'eux armé d'une hallebarde, l'autre portant un étendard. Ils sont séparés par une colonne et par les armes de l'empire.

Dans le haut, le sujet de Persée délivrant Andromède. Dans
le bas, les armoiries, deux fois répétées, de la ville de Sursee
ainsi que la date de 1547. — Haut., 44 cent.; larg., 33 cent.

220 — Vitrail analogue à celui qui précède. Sur l'étendard de
l'un des guerriers, Saint Georges terrassant le dragon. Dans
le bas, l'inscription allemande : la ville de Stainn et la
date 1575. — Haut., 42 cent.; larg., 33 cent.

221 — Deux vitraux ronds portant des armoiries encadrées de
rinceaux. L'un est daté de 1631, l'autre de 1653. — Diam.,
28 cent.

222 — Ancien vitrail représentant deux hommes d'armes points
en grisaille sur fonds partiels variés de couleurs ; ils sou-
tiennent un écusson aux armes de l'Empire d'Allemagne, surmonté d'un étendard. — Haut., 50 cent.; larg., 38 cent.

223 — Coupe à pied, lobée et à facettes, en verre de Bohême
décoré de rinceaux, de fleurs, d'entrelacs et d'ornements
gravés. xviiie siècle. — Haut., 12 cent.

224 — Quatre burettes, modèle balustre à pans, en verre de
Bohême, offrant sur la panse un double blason d'alliance,
timbré d'une couronne fleuronnée et ayant des chiens pour
supports. xviiie siècle. — Haut., 18 cent.

225 — Verre d'eau en verrerie de Bohême, en partie rehaussée
de dorure, à figures et ornements, composé de : un plateau
ovale, une carafe, un verre cylindrique, un sucrier à couvert
de vermeil, un flacon à capsule de vermeil; plus une petite
cuillère bordée d'un perlé en argent doré. — Longueur du
plateau, 26 cent.

226 — Verre à pied et à ouverture quadrilobée en verre incolore

de Bohême, décoré de deux blasons émaillés en couleur avec rehauts d'or. Près du bord, une bande d'imbrications dorées est relevée de points d'émaux bleus et blancs. xviiie siècle. — Haut., 18 cent.

227 — Trois pièces : une bouteille et deux carafes en verre de Bohême incolore, à arêtes tordues en verre bleu. — Haut., 30 et 23 cent.

228 — Petit vase moderne, en forme de balustre, aplati et à deux anses, en verre décoré d'ornements en émaux polychromes et dorure, dans le style arabe. — Haut., 17 cent.

FERS

229 — Lustre à vingt lumières disposées sur deux rangs, en fer noir forgé, à décor de feuilles rehaussées de dorure. xviie siècle. — Haut., 1 m. 20 cent.

230 — Deux bras-appliques à une lumière chacun, en fer forgé et noirci, composés d'enroulements, de feuillages, de fleurs et de lambrequins à glands rehaussés de dorure. xviie siècle. — Haut., 52 cent.

231-232 — Quatre bras-appliques à une lumière chacun, en fer noir forgé, à rinceaux et feuillages, et rehaussés de dorure. Les bassins sont garnis au pourtour de petits glands mobiles. xviie siècle. — Long., 35 cent.

233 — Petite lanterne carrée en fer doré, tapissée de branchages en fer peint en vert, avec fleurettes en pâte décorées au naturel. xviiie siècle. — Haut., 60 cent.

SCULPTURES EN MARBRE

ET EN TERRE CUITE

234-235 — TERRE CUITE. Quatre très beaux sphinx de l'époque Louis XV, à corps de lions, couchés, les pattes posées à plat, avec bustes de jeunes femmes en costume décolleté, les épaules enveloppées de mantelets bordés de plissés et de fourrure. Elles sont coiffées de gracieux chapeaux ronds, à bords plats, agrémentés de rubans et de ruches. Ces quatre sphinx passent pour représenter des maitresses du roi. — Haut., 95 cent.; long., 1 m. 8 cent.

236 — TERRE CUITE. Deux vases à piédouches et à couvercles, décorés de mascarons et de guirlandes en relief. Les culots sont godronnés. Époque Louis XVI. — Haut., 95 cent.

237 — MARBRE BLANC. Deux bustes d'enfants souriants, garçon et fillette, coiffés de toques à plumes et supportés par des piédouches quadrangulaires en marbre brèche violette. Travail français du commencement du XVIII° siècle. Ces bustes sont accompagnés de deux socles carrés en porphyre rouge d'Orient, garnis d'une monture à pieds-griffes en bronze ciselé et doré. — Hauteur, socles compris, 53 cent.

238 — MARBRE BLANC. Petite frise sculptée en bas-relief et représentant une corne d'abondance entre deux hippocampes se terminant en rinceaux déliés, feuillagés et fleuris. Époque Louis XVI. — Haut., 16 cent.; larg., 87 cent.

239 — MARBRE BLANC. Deux bas-reliefs ovales : Bustes du Christ et de la Vierge, en regard. XVII° siècle. — Haut., 37 cent.; larg., 32 cent.

COLLECTION DE Mme Edouard SMITH

No 213

No 234

BRONZES D'ART

240 — Bas-relief rectangulaire en bronze, à patine claire, représentant l'Enlèvement de Proserpine par Pluton, escorté d'un essaim d'amours. Cadre sculpté, noir et or. xviiie siècle. — Haut., 37 cent.; larg., 52 cent.

241 — Deux bustes en bronze à patine brune : Turenne et Tourville, posés sur piédestaux de marbre turquin, supportés eux-mêmes par des socles de marbre noir. xviiie siècle. — Hauteur totale, 35 cent.

242 — Groupe en bronze à patine brune : Hercule lançant Lychas à la mer. — Haut., 44 cent.

243 — Le Faune aux cymbales. Statuette de bronze à patine noire, d'après l'antique. — Haut., 32 cent.

244 — Deux statuettes en bronze à patine verte : Faune et Faunesse assis, élevés sur piédouches circulaires. xvie siècle. — Haut., 22 cent.

245 — Bénitier en bronze verni, avec la figure de Madeleine agenouillée au pied de la croix. — Haut., 27 cent.

246 — Bénitier en bronze, à plaque ovale, représentant la Vierge et l'Enfant Jésus, dans un encadrement à figures d'anges tenant des palmes. xviie siècle. — Haut., 30 cent.

247 — Christ en croix, plaque d'émail en grisaille sur fond bleu, dans un cadre contourné en bronze, à têtes de chérubins. xviiie siècle. — Haut., 28 cent.

248 — Poule faisane, bronze de *Mène*. — Long., 26 cent.

249 — Lampe formée d'une figure grotesque à califourchon sur
une tête de cheval, avec socle figuré par six pieds de chevaux. — Long., 17 cent.

BRONZES D'AMEUBLEMENT

250 — Deux belles girandoles en bronze ciselé et doré, de
l'époque Louis XVI. Élégant modèle à trois bras porte-
lumière feuillagés et recourbés en volutes, prenant naissance
sur une tige cannelée décorée de fleurons, de piastres, de
boucles et de guirlandes, et surmontée d'une flamme. La
base, à congé, est ornée d'un tore de laurier, de rinceaux,
de deux cordons de perles et d'un rang de feuilles d'eau.
Pièces remarquables pour le travail de ciselure et l'excellent
goût de l'ornementation. — Haut., 45 cent.

251 — Deux belles appliques de bronze ciselé et doré, de l'époque
Louis XVI, à trois lumières chacune, décorées de feuillages et
s'échappant d'une gaine cannelée à tête de bélier et guirlandes, supportant une cassolette à flamme. — Haut., 62 cent.

252 — Deux flambeaux de l'époque Louis XVI, en bronze doré,
à douilles et tiges cannelées avec guirlandes détachées, et à
base creusée de canaux et flanquée de quatre consoles ren-
versées, en ressaut, reliées par une guirlande de laurier. —
Haut., 26 cent.

253 — Deux cadres en bronze ciselé et doré, du xviii⁰ siècle, à
rubans, canaux et laurier, garnis aux angles de cartouches
rapportés. Ces cadres renferment des planches tendues de
velours bleu, dans lesquelles sont encastrées des plaques en
porcelaine de Capo di Monte, à sujets mythologiques en bas-
relief rehaussés de couleurs et de dorure.
Dimension des cadres : Haut., 38 cent.; larg., 46 cent.

N° 250   N° 261   N° 250

254 — Deux appliques à deux lumières chacune, en bronze ciselé et doré, composées de feuillages et de rinceaux d'un dessin mouvementé Époque Louis XV. — Haut., 42 cent.

255 — Deux chenets du temps de la Régence, modèle à cariatides de femmes ailées, sur gaines à volutes, guirlandes de fleurs et petits vases. — Haut., 30 cent.; long., 26 cent.

256 — Deux cassolettes formant flambeaux, de l'époque Louis XVI, formées de vases munis d'une patine verte, et à ornements dorés supportés par des fûts cannelés, reposant sur des socles carrés, en bronze doré. — Haut., 24 cent.

257 — Deux chenets en bronze doré, formés de forts rinceaux feuillagés s'appuyant sur des socles cannelés. Époque Louis XV. — Long., 33 cent.

258 — Deux petits chenets Louis XV, à rocailles et dragons. — Haut., 27 cent.; long., 27 cent.

259 — Deux appliques à trois branches chacune, formées de rinceaux, de feuilles et de rocailles. — Haut., 26 cent.

260 — Deux appliques, chacune à trois branches feuillagées et contournées en S, surmontées de plateaux et douilles cannelés, et prenant naissance sur une gaine à pans que couronne un vase enguirlandé. — Haut., 50 cent.

261 — Deux petites appliques Louis XVI, chacune à deux branches, s'appuyant sur la volute supérieure d'une gaine feuillagée et suspendue par des rubans. — Haut., 28 cent.

262 — Lustre en cuivre à six lumières, garni de cristaux, étoiles, pendeloques, boule à facettes. XVIIIᵉ siècle. — Haut., 1 m. 5 cent.

263-264 — Quatre flambeaux Louis XV, côtelés, en cuivre argenté. — Haut., 25 cent.

PENDULES, HORLOGES, CARTELS

265 — Pendule de l'époque Louis XVI, à cadran au nom de Gantrot, à Paris, surmonté d'un groupe de bronze doré : Vénus et l'Amour, et supporté par un socle de marbre blanc, à pourtour concave, décoré d'un bas-relief (Enfants chassant le sanglier), de guirlandes et de rinceaux rapportés en bronze ciselé et doré. — Haut., 38 cent.; larg., 30 cent.

266 — Pendule du temps de Louis XVI, en bronze ciselé et doré, en forme de borne carrée, à faces latérales cannelées; elle est surmontée d'un vase à deux anses, enguirlandé et rempli de fruits, et repose sur un socle à postes et tore de laurier, élevé sur boules. Un nœud de rubans surmonte le cadran qui porte le nom de *Frédéric Dural, à Paris*. — Haut., 36 cent.; larg., 17 cent.

267 — Horloge à gaine, dite régulateur, de forme contournée, plaquée de bois rose et d'amarante et garnie d'appliques en cuivre ciselé et doré, feuillages et rinceaux. Une ouverture vitrée, au milieu de la partie renflée de la gaine, est encadrée d'une moulure et surmontée d'une sphère, d'un compas et d'une équerre en cuivre doré. Époque Louis XV. — Haut., 2 m. 18 cent.

268 — Pendule de l'époque Louis XIV, en marqueterie de cuivre sur écaille, à corniche cintrée et base à grandes volutes, avec tablier comme entredeux; elle est garnie d'appliques en bronze, figure mythologique, mascaron, consoles, moulures, feuillages, vases. — Haut, 62 cent.

269 — Grande pendule et sa console-applique du temps de la

Régence, plaquées de corne verte et richement garnies de cuivres dorés, mascarons, oiseaux, guirlandes, feuillages et rinceaux. Sous le cadran est rapporté un bas-relief représentant deux enfants adossés ; au-dessus du couronnement de la pendule se dresse une figurine mythologique de bronze doré. — Haut., 1 m. 25 cent.

270 — Petite pendule Louis XVI en bronze, surmontée d'un trophée des attributs de l'Amour, décorée latéralement de guirlandes et élevée sur une plinthe en ressaut où sont posées des colombes. — Haut., 25 cent.

271 — Petit cartel de bronze doré du temps de Louis XV, modèle à rinceaux mouvementés, feuillages et branches de fleurs ; les côtés sont garnis d'un treillis fleuronné en cuivre découpé. — Haut., 52 cent.

272 — Petite pendule droite du temps de Louis XVI, en bronze ciselé et doré, flanquée latéralement de colonnettes engagées, surmontées de graines. Le socle en ressaut et le vase qui couronne la pendule sont en marbre blanc, et garnis d'ornements de bronze doré. — Haut., 30 cent.; larg., 19 cent.

273 — Pendule borne du temps de l'Empire, en marbre griotte, décorée d'appliques en bronze doré, lyre, étoiles, etc.; le socle rectangulaire est orné d'une frise de bronze : griffons affrontés et rinceaux fleuris. — Haut., 51 cent.

274 — Pendule de bronze du commencement du xixe siècle, en forme de borne sur laquelle est accoudé l'Amour, commandant le silence. — Haut., 38 cent.; larg., 23 cent.

275 — Petit cartel Louis XV en bronze, à feuillages et rinceaux, surmonté d'une palme. Cadran au nom de Ferdinand Berthoud. — Haut., 45 cent.

SIÈGES

276 — Charmant petit canapé à trois places, de l'époque Louis XVI,
en bois très finément sculpté et doré, à tore de laurier et rais
de cœur. Il est enrichi à sa partie supérieure de couronnes de
roses et de branches d'olivier liées par des rubans. La partie
large du meuble est couverte de satin crème, et les sièges des
extrémités de satin gris du temps, décoré d'un semis de fleurettes brodées en chenille et soies de couleurs. Ce canapé
porte la marque au fer de : C. Sene. — Haut., 88 cent.; long.,
2 m. 35 cent.

277 — Petit canapé ou causeuse en bois doré à perles, portant
sur six pieds cannelés et à montants surmontés de panaches.
Les supports des appuis-bras sont côtelés en spirale ; il est
recouvert de soie crème de l'époque Louis XVI, décorée de
gerbes de fleurs et de fleurettes jetées en broderie très fine
au passé de soies multicolores. — Haut., 91 cent.: long., 1 m.
16 cent.

278 — Quatre fauteuils avec dossiers à médaillons, en bois doré,
à cordons de sequins, rubans enroulés, perles et rais de cœur,
recouverts en beau satin gris perle de l'époque Louis XVI,
parsemé de fleurettes jetées en broderies de soies de couleurs
à parties chenillées. — Haut., 90 cent.

279 — Trois fauteuils pareils aux précédents, recouverts en satin
gris perle du temps de Louis XVI, parsemé de bouquets, de
fleurettes jetées et de papillons et traversé de deux festons
longitudinaux en broderie de soies multicolores. — Haut.,
90 cent.

280 — Deux fauteuils pareils, mais garnis en satin bleu à bouquets
brochés en couleurs. — Haut., 90 cent.

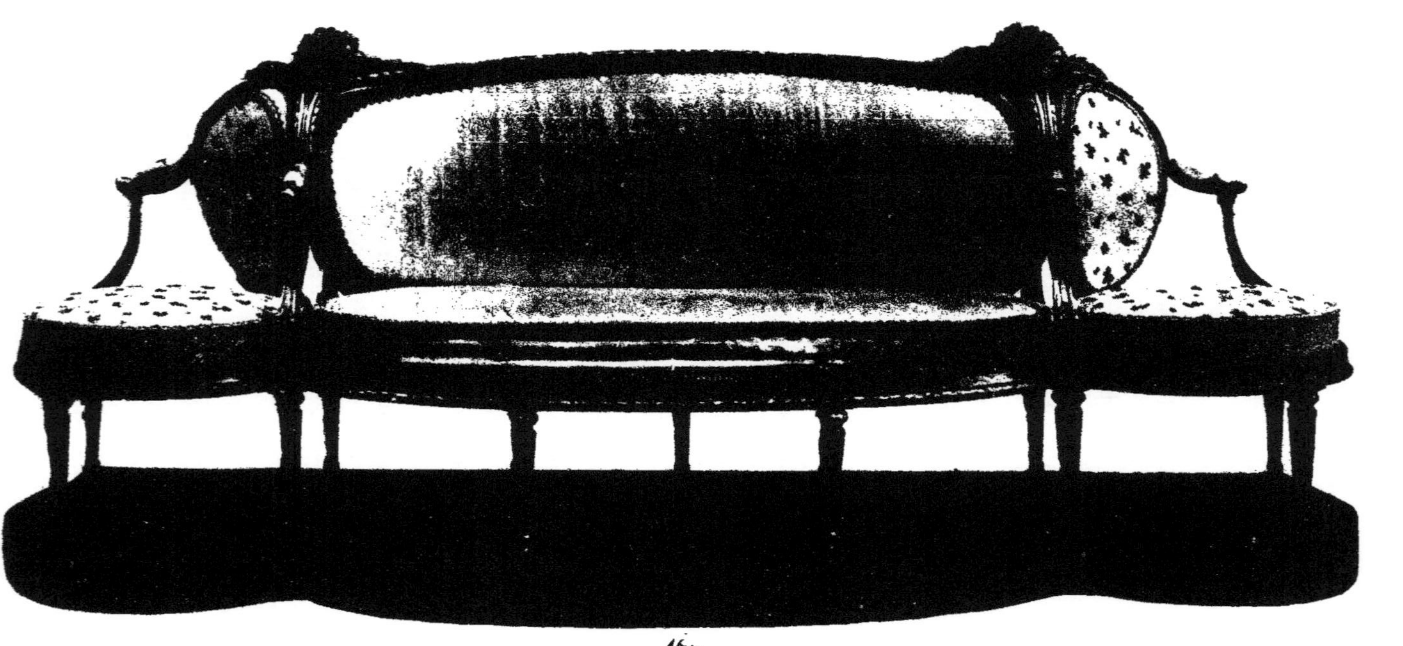

Nº 276

281 — Deux grands fauteuils Louis XVI, à rubans et rosaces, et
à dossiers lobés surmontés d'un fleuron, en bois doré, recouverts en soie crème à raies, décorée de bouquets brochés en
soies de couleurs. — Haut., 1 m. 2 cent.

282 — Petite bergère Louis XVI, en bois doré, à pieds cannelés
ainsi que les supports des accoudoirs, et à décor de rais de
cœur et de rosaces; elle est couverte en soie à raies roses et
verdâtres, brochées de festons en couleurs. — Haut., 88 cent.

283 — Deux tabourets à pieds contournés, de style Louis XV, en
bois doré, couverts en soie crème à raies damassées et à festons brochés en couleur. — Haut., 45 cent.

284 — Bergère en bois sculpté et doré, à décor de feuilles, de
boucles et de sequins, recouverte en soie Louis XVI, à raies
blanches et bleues, alternées, chargées de festons et de bouquets brochés en couleurs. — Haut., 1 mètre.

285 — Deux fauteuils Louis XVI en bois sculpté et doré, à rosaces,
feuilles d'acanthe et sequins; les montants se terminent par
des fleurons et la traverse supérieure du dossier, légèrement
cintrée, est surmontée de trophées d'attributs champêtres. Ils
sont recouverts en soie crème du temps, décorée de bouquets
et de festons de roses brodés au passé en soies multicolores.
— Haut., 92 cent.

286 — Fauteuil Louis XVI en bois de noyer sculpté, à pieds cannelés en hélice et à décor de feuilles d'acanthe, de rais de
cœur et de fleurons. Les montants du dossier, qui est légèrement arrondi, sont formés de colonnettes cannelées que sur-
montent des graines. Il est recouvert en soie crème du temps,
à raies et festons brochés en couleurs. — Haut., 96 cent.

287 — Deux chaises analogues au fauteuil qui précède et recou-
vertes de même étoffe. — Haut., 87 cent.

288 — Fauteuil Louis XV en bois de noyer, à contours mouvementés, supporté par des pieds contournés et surmontés de
volutes. Il est couvert d'ancien satin crème à raies, festons et
fleurettes jetées brochés en couleurs. — Haut., 85 cent.

289 — Deux jolies chaises dites *voyeuses* en bois de noyer sculpté,
du temps de Louis XVI, à pieds et montants cannelés et dossiers à lyre, décorés de rosaces et de boucles. Elles sont couvertes en soie crème à semis de fleurettes brochées en couleurs.
— Haut , 88 cent.

290 — Deux jolis petits tabourets de pieds du temps de Louis XVI,
en bois sculpté et doré, de forme ronde, à ceinture de rosaces,
supportée par quatre pieds cannelés à chapiteaux ioniques.
L'un est couvert de satin gris perle parsemé de fleurettes
brodées en soies et chenilles ; l'autre de soie bleue, brochée
en couleur à festons et bandes ondulées. — Haut., 22 cent.;
diam., 28 cent.

291 — Deux fauteuils Louis XVI, à dossiers carrés, en bois de
noyer sculpté, à tortils de rubans, feuilles d'acanthe, cordons
de piécettes ; les pieds sont cannelés. Ces fauteuils sont recouverts d'ancienne soie brochée à fleurs. — Haut., 91 cent.

292 — Deux fauteuils Louis XV, de forme contournée, en noyer,
à moulures décorées çà et là de fleurettes sculptées ; ils sont
couverts de satin broché à fleurs et bandes ondulées. — Haut.,
83 cent.

293 — Grand fauteuil à dossier carré, en noyer, à pieds recourbés
et reliés par un X, recouvert en soie crème brochée à fleurs
en couleurs. — Haut., 1 m. 10 cent.

294 — Deux chaises Louis XV en bois doré, couvertes en soie à
raies alternées, blanches et vertes, et brochées à fleurs. —
Haut., 85 cent.

295 — Fauteuil large de la Régence, en noyer sculpté, à décor
de coquilles, rinceaux et fleurons ; les pieds sont reliés par
des traverses en X ; il est recouvert d'ancien lampas à ramages
brochés en couleurs sur fond crème. — Haut., 1 m. 5 cent.

296 — Fauteuil Régence en noyer sculpté, et recouvert d'ancien
velours de Gênes à dessin de plusieurs tons sur fond crème.
— Haut., 1 m. 5 cent.

297 — Bergère de l'époque Louis XV, en noyer sculpté, à moulures ornées de feuillages et à pieds contournés très courts.
Elle est recouverte d'ancien lampas à ramages brochés en
couleur et rehaussés de fils dorés sur fond rouge. — Haut.,
95 cent.

298 — Deux fauteuils de l'époque Louis XV, de forme contournée, à rocailles et ornements sculptés, recouverts d'ancien
lampas à dessins brochés bleu sur fond rose. — Haut., 90 cent.

299 — Deux fauteuils du temps de Louis XV, en bois de noyer,
de forme contournée, à moulures ornées de quelques fleurs
sculptées. Ils sont recouverts d'ancienne tapisserie au point
à larges ornements polychromes sur fond noir. — Haut.,
92 cent.

300 — Fauteuil de la Régence en noyer sculpté, à coquilles,
feuilles, palmettes en relief, et à pieds reliés par une traverse
en X. Il est foncé de canne et garni d'un coussin en tapisserie
du xviiiᵉ siècle, à bouquets de fleurs sur fond vert, avec rinceaux d'encadrement et pourtour à fond bleu. — Haut., 95 cent.

301 — Fauteuil de la Régence en noyer sculpté, à coquilles,
feuilles et festons ; il est foncé de canne et a un coussin sem-
blable à celui du fauteuil qui précède. — Haut., 95 cent.

302 — Bergère du temps de Louis XVI, en bois de noyer, à dos-

sier carré et accoudoirs terminés en volutes portant sur des
balustres creusés de cannelures en spirale et à bases feuillagées. Les pieds sont également cannelés et à tigettes. Il est
recouvert d'indienne à corbeille de fleurs. — Haut., 94 cent.

303 — Bergère Louis XV en noyer, contournée et ornée de
quelques fleurs sculptées; elle est recouverte en même indienne que le fauteuil qui précède. — Haut., 1 mètre.

304 — Petit fauteuil de forme Louis XV, à fleurettes sculptées, en
bois doré, foncé de canne dorée, avec coussin broché à fond
orangé. — Haut., 70 cent.

305 — Quatre fauteuils du temps de Louis XV, de forme contournée, décorés de roses et de feuillages sculptés, foncés de
canne et garnis sur les accoudoirs de manchettes en cuir. —
Haut., 94 cent.

306 — Six chaises du temps de Louis XV, en bois sculpté, foncées
en canne et à dossiers cintrés. Elles sont de même modèle
que les fauteuils qui précèdent.

307 — Deux banquettes Louis XV en bois sculpté, à pieds contournés et à décor de coquilles, de palmettes et de rinceaux.
Dessus rapporté, foncé de canne. — Long., 1 m. 60 cent.

308 — Jolie chaise de forme contournée, de l'époque Louis XV,
en bois sculpté, à fleurs, feuillages et rocailles ; elle est garnie
d'ancien velours à dessin violet sur fond jaune. — Haut.,
93 cent.

309 — Tabouret carré, de la Régence, en bois sculpté de feuillages et de rinceaux, supporté par quatre pieds légèrement
cambrés. Il est recouvert d'ancien lampas à dessin broché en
couleurs sur fond violacé. — Haut., 40 cent.

N° 313

310 — Douze chaises en noyer, de style Louis XVI, à pieds cannelés et à dossiers arrondis à lyres ; elles sont couvertes en maroquin rouge.

311 — Deux chaises Louis XV, en bois sculpté, garnies en velours. — Haut., 1 m. 5 cent.

312 — Fauteuil et deux chaises foncées en paille de couleur et à montants de dossier reliés par trois traverses en accolade.

MEUBLES EN BOIS DORÉ

313 — Grand et beau baromètre-thermomètre en bois sculpté et doré, de l'époque Louis XVI, affectant la forme d'une lyre enguirlandée de feuilles de chêne et de laurier, couronné par un soleil et terminé à sa base par un cul-de-lampe carré à oves, postes et grappe pendante. La moulure circulaire du baromètre, à perles et rais de cœur, est inscrite dans une couronne de fleurs variées, délicatement fouillée à jour et suspendue par un ruban noué en rosette.

Pièce remarquable pour la délicatesse du travail de sculpture et pour la grâce de la composition. — Haut., 1 m. 20.

314 — Deux consoles demi-lunes en bois sculpté et doré, à ceinture ornée d'oves, de perles et de boucles, et supportées par quatre pieds cannelés, reliés par des traverses convergeant sur une demi-rosace. Tablette de marbre blanc. Époque Louis XVI. — Haut., 82 cent.; long., 98 cent.

315 — Petit écran de cheminée en bois doré, à perles, supporté par des patins feuillagés et surmonté d'un ruban et de deux pommes de pin. Il est tendu de soie crème du temps de Louis XVI, décorée en broderie de soies de couleur avec rehauts de fils argentés, d'une tonnelle, d'un trophée de chasse et de festons d'encadrement. — Haut., 1 mètre ; larg., 64 cent.

316 — Deux charmantes petites consoles du temps de Louis XVI, en bois sculpté et doré, à frise ornée de branches de chêne et reposant sur un seul pied contourné, à volute supérieure, décoré de larges feuilles, de rosaces et de cannelures à tigettes. Dessus en marbre brocatelle d'Espagne. Collection Double. — Haut., 1 mètre : larg., 30 cent.; profond., 30 cent.

317 — Lit-canapé Louis XV, à fond mobile, en bois sculpté et doré, de forme contournée, à moulures parsemées de fleurs et de feuilles. Il est garni d'ancienne soie damassée, fond crème, à décor de festons brochés en couleurs. Couvre-lit en même étoffe. — Long., 1 m. 80 cent.; larg., 1 m. 5 cent.

318 — Tronc d'applique en bois sculpté et doré, de l'époque Louis XVI. Il est rectangulaire et divisé en deux compartiments superposés, sculptés en bas-relief : celui du haut représente des branches de vigne et de laurier suspendues à un ruban auprès d'une corne d'abondance dont le pavillon, découpé à jour, forme l'ouverture du tronc; celui du bas montre une table sur laquelle sont posés un carafon et un petit verre : sur le dallage, contre la table, est une chaise renversée. — Haut., 28 cent.; larg., 19 cent.

319 — Lit de milieu en bois sculpté et doré, à montants formés de colonnes cannelées à tigettes, surmontés de pommes de pins et reliés par des traverses arrondies, décorées de rubans enroulés et de grosses feuilles. Il est garni d'ancienne soie crème de l'époque Louis XVI, délicatement brodée en soies multicolores, à fleurettes jetées, festons et ornements. La face extérieure du pied de lit est tendue d'un charmant panneau de même broderie, représentant trois groupes de villageois occupés à récolter des pommes; ces sujets sont séparés par de jolies corbeilles de fleurs reliées par des guirlandes; d'autres corbeilles, suspendues par des rubans, forment l'encadrement des côtés du panneau. — Long., 2 mètres; larg., 1 m. 45 cent.

N° 237

N° 237

N° 316

N° 316

N° 319

320 — Console demi-lune en bois sculpté et doré, à ceinture décorée de rinceaux fleuris, et supportée par quatre pieds formés de baguettes en faisceaux, entourés de rubans entrecroisés. Ces pieds sont reliés à leur base par une entretoise à cordon de sequins, supportant une corbeille de fleurs. Tablette de marbre blanc. Époque Louis XVI. — Haut., 90 cent.: long., 95 cent.

321 — Deux consoles-appliques en bois doré, à têtes chimériques sous la tablette. — Haut., 30 cent.

322 — Paravent à quatre feuilles, en bois sculpté et doré, à motifs de coquilles, de guirlandes de fleurs, de feuillages et de rinceaux. Il est plein dans sa partie inférieure, et vitré de glaces à biseaux dans la partie supérieure. — Haut., 1 m. 80 cent.

323 — Deux appliques à trois lumières chacune, en bois sculpté et doré, composées de branches simulant des feuilles superposées et liées à leur extrémité sur une draperie plissée suspendue à une rosette et retombant sur des cordelières à glands. Époque Louis XVI. — Haut., 85 cent.

324 — Cadre en bois sculpté et doré du XVIIᵉ siècle, à tore de fleurs variées, contenant une gravure en couleur de Descourtis, d'après Taunay : la Mariée de village. — Ouverture : haut., 28 cent.: larg., 22 cent.

325 — Deux consoles-appliques en bois sculpté et doré, à tablette posée au-dessus de deux figurines d'enfants: l'un à califourchon sur les épaules de l'autre, tous deux s'accrochant à une draperie. — Haut., 35 cent.

326 — Console-applique de l'époque Louis XIV, en bois sculpté et doré, à tablette rectangulaire supportée par deux consoles à volutes, avec feuilles d'acanthe dans l'entredeux, au-dessus d'une palmette. — Haut., 40 cent.: larg., 40 cent.

327 — Cadre de crucifix, cintré du haut, en bois sculpté et doré. Époque Louis XIV. — Haut., 85 cent.

MEUBLES EN BOIS SCULPTÉ

328 — Belle porte à deux battants, en bois de chêne remarquablement sculpté et d'une ornementation très distinguée. Époque Louis XIV. Chacun des battants se compose de trois panneaux superposés et encadrés d'une moulure à fleurons et rinceaux. Les compartiments supérieurs sont ornés d'une rosace à quadrillés, rinceaux, coquilles et mascaron central, tête de Méduse; ceux du milieu contiennent des branches de fleurs et des attributs entre-croisés: les panneaux inférieurs montrent une fleur de lis inscrite dans un médaillon ovale à pourtour fleuronné. — Dimensions, sans le chambranle : haut., 2 m. 60 cent. ; largeur 1 m. 40 cent.

329 — Meuble à hauteur d'appui, portes pleines et tiroir dans le soubassement, décoré de moulures guillochées, de feuillages et de têtes de chérubins sculptés en bas-relief. Il est supporté par des pieds-griffes. XVII⁰ siècle. — Haut.. 1 m. 25 cent.; long., 1 m. 20 cent.

330 — Table-console en bois sculpté de l'époque Louis XV, à bandeau ajouré et à pieds contournés ; l'ornementation se compose de branches de fleurs, de feuillages, de rinceaux et de cartels rocailles. Dessus en marbre brèche d'Alep. — Long., 1 m. 25 cent.

331 — Armoire en chêne sculpté du XVIII⁰ siècle, décorée sur la corniche d'un mascaron faunien et sur chaque porte d'une grande rosace ovale formée de feuilles d'acanthe. — Haut., 2 m. 35 cent.; larg., 1 m. 35 cent.

332 — Lit en bois sculpté et peint en gris, de l'époque Louis XVI.

à moulures, rubans entortillés et rosaces ; les montants sont formés de colonnettes détachées et cannelées, à bases feuillagées, surmontées de petits vases d'amortissement. — Long., 1 m. 87 cent. ; larg., 1 m. 12 cent.

333 — Lit en bois de noyer sculpté décoré de festons de roses et des emblèmes de l'amour ; les montants carrés, ornés de pentes de feuilles de laurier, de rubans et de rosaces, sont surmontés de graines. Époque Louis XVI. — Long., 1 m. 90 cent. ; larg., 1 mètre.

334 — Baromètre-thermomètre Louis XVI, en bois sculpté peint blanc et rehaussé de dorure ; modèle à rinceaux, guirlandes de laurier, colombes, et couronné d'un vase accosté de dauphins. — Haut., 95 cent.

335 — Étagère du Japon en bois de fer à moulures unies et galeries de feuillages sculptées et découpées à jour. La partie inférieure du meuble est à deux portes pleines décorées de bouquets d'arbres en bas-relief. Socle à quatre pieds. — Haut., 2 m. 10 cent. ; larg., 1 mètre.

336 — Socle carré en bois de fer sculpté, de travail chinois. — Haut., 45 cent.

337 — Vitrine plate en bois de noyer, décorée de moulures et de feuillages sculptés et dorés : les pieds sont reliés par une entretoise. — Long., 1 mètre ; larg., 65 cent.

338 — Grande armoire normande en chêne sculpté, à deux portes pleines, ornées de moulures, de rosaces et de feuillages. Époque Louis XV. — Haut., 2 m. 40 cent.

339 — Buffet Louis XV, en noyer, à trois portes et à frise décorée d'un feston sculpté. — Larg., 1 m. 90 cent.

340 — Buffet Louis XV à deux portes et deux tiroirs décorés de ferrures ajourées. — Larg., 1 m. 27 cent.

GLACES

341 — Grande glace de l'époque Louis XV, à cadre de bois sculpté et doré, formé d'un cordon d'algues entouré d'un feston de fleurettes; la partie supérieure forme une sorte de trumeau décoré de guirlandes, d'une lyre et d'une couronne rapportés sur la glace et surmontés d'une figurine d'amour. — Haut., 2 m. 80 cent.; larg., 1 m. 35 cent.

342 — Miroir dans un beau cadre de bois sculpté et doré à rinceaux, fleurs et feuillages, flanqué de deux cariatides supportant un couronnement découpé à jour, à mascarons, rinceaux et dais surmonté d'une statuette d'amour tenant des guirlandes. Époque Louis XIV. — Haut., 1 m. 80 cent.; larg., 1 m. 15 cent.

343 — Glace à cadre de bois sculpté et doré, formé d'une moulure à feuilles d'acanthe et couronné d'une large palmette. — Haut., 2 m. 40 cent.; largeur, 1 m. 6 cent.

344 — Glace dans un cadre Louis XVI, en bois sculpté et doré, à rubans enroulés; une couronne et deux guirlandes de laurier pendent sous le cadre, qui est surmonté d'un motif à rubans et feuillages. — Haut., 1 m. 40 cent.; larg., 65 cent.

345 — Glace dans un cadre sculpté et doré de l'époque Louis XV, à festons de fleurs et rubans ondulés; un vase entre deux rinceaux enroulés forme le couronnement. — Haut., 1 m. 30 cent.; larg., 62 cent.

346 — Glace cintrée du haut, entourée d'une moulure de chêne et surmontée d'un trumeau sculpté représentant les emblèmes de l'amour et des guirlandes de fleurs. XVIIIe siècle. — Haut., 2 m. 25 cent.; larg., 1 m. 15 cent.

347 — Miroir dans un cadre à contour mouvementé en bois sculpté
et doré, à moulures chargées de rinceaux, de fleurs et de
feuillages. Époque Louis XV. — Haut., 1 mètre ; larg., 1 mètre.

348 — Glace étroite à cadre sculpté et doré, à perles et oves, que
surmonte un motif découpé à jour : enroulements, feuilles,
fleurs et guirlandes de perles. — Haut., 1 m. 5 cent. ; larg.,
46 cent.

349 — Glace de cheminée dans un cadre en bois de chêne à
canaux et rais de cœur. — Haut., 1 m. 22 cent. ; larg.,
95 cent.

350 — Glace de cheminée, dans un cadre sculpté et doré à feuilles
d'eau, chapelets et tore de laurier. — Haut., 1 m. 45 cent.;
larg., 1 m. 10 cent.

351 — Petite glace Louis XVI, dans un cadre sculpté et peint
brun. — Haut., 1 m. 10 cent. ; larg., 52 cent.

352 — Miroir ovale à glace biseautée, dans un cadre Louis XVI,
en noyer sculpté, à rais de cœur et rubans enroulés, couronné
par une large feuille d'acanthe. — Haut., 72 cent. ; larg.,
54 cent.

353 — Glace dans un encadrement en chêne, à moulure chargée
de rinceaux et de fleurons. Époque Louis XVI. — Haut.,
1 m. 42 cent. ; larg., 1 m. 15 cent.

354 — Deux miroirs-appliques du temps de Louis XV, à encadrements contournés, composés de rocailles, de rinceaux et de
fleurs en bois sculpté et doré ; à la partie inférieure de
chaque miroir sont adaptés deux bras porte-lumières en
bronze doré. — Haut., 1 m. 8 cent.

355 — Petit miroir-applique à encadrement de rocailles, en bois

sculpté et doré, ayant à sa partie inférieure un bras porte-bougie. — Haut., 50 cent.

356 — Petit miroir à cadre Louis XIII, à décor de fleurs, de larges feuilles et d'oiseaux, en marqueterie de bois. — Haut., 60 cent. ; larg., 56 cent.

MEUBLES EN MARQUETERIE

EN LAQUE, ETC.

357 — Jolie commode droite à angles arrondis, du temps de Louis XVI, en acajou et citronnier, incrustée de filets de bois noir et offrant, au milieu de la face principale, un médaillon ovale, peint à l'huile, et représentant une corbeille de fleurs et des colombes. Elle est richement garnie de cuivres ciselés et dorés, partie anciens et partie rapportés postérieurement. Le dessus en marbre blanc est bordé d'une galerie de cuivre découpée à jour. — Haut., 87 cent. ; long., 97 cent.

358 — Deux meubles d'encoignure de même travail et de même ornementation que la commode qui précède. — Haut., 87 cent.: larg., 63 cent.

359 — Charmante petite commode d'enfant, à trois tiroirs, en bois violette, décorée sur ses trois faces et sur la tablette de très gracieux motifs en marqueterie de bois clairs, représentant des vases, des bouquets, des corbeilles de fleurs et des trophées d'instruments de musique. Époque Louis XVI. — Haut., 33 cent.: larg., 54 cent.

360 — Grand et beau meuble de l'époque Louis XVI, à angles coupés, en bois rose et marqueterie de bois clairs, figurant des carrelages, des quadrillés, des grecques, des fleurons inscrits dans des carrés, etc. : les montants, en chanfrein, sont

ornés de cannelures simulées et d'entrelacs rectilignes. Ce meuble ouvre, dans sa partie supérieure, à l'aide d'un coulisseau ; au-dessous est un tiroir, puis un abattant formant secrétaire. Dans la partie inférieure, deux battants pleins tiennent lieu d'armoire. Ce meuble est garni de quelques cuivres, entrées, rosaces, triglyphes, anneaux de tirage et moulures ; il est surmonté d'une galerie de cuivre ajouré en façon de grecques. — Haut., 2 m. 30 cent. ; larg., 1 m. 20 cent.; profond., 45 cent.

361 — Armoire Louis XV, en marqueterie de bois violette, à deux portes vitrées dans la partie supérieure ; elle est garnie de baguettes de cuivre poli. Soubassements en ressaut et couronnement à gorge. — Haut., 1 m. 55 cent. ; long., 1 m. 10 cent.

362 — Table à jouer du temps de Louis XVI, en marqueterie de bois, à ornements et cannelures simulées. — Long., 83 cent.

363 — Deux meubles d'angles sur pieds cintrés et fermant à une porte, du temps de Louis XV. avec dessus de marbre blanc. Ces meubles ont reçu postérieurement à l'époque de leur fabrication un décor extérieur sur cuir gaufré, dans le goût des produits de Martin, qui représente des scènes champêtres en camaïeu rosé, dans la manière de Le Prince, ainsi que quelques ornements ou mascarons en bronze ciselé et doré.

L'un de ces meubles renferme divers compartiments à tiroirs plaqués de bois satiné. — Haut., 96 cent.: larg., 84 cent.; profond., 61 cent.

364 — Petite table à ouvrage, de forme ronde, sur trois pieds légèrement cambrés, en bois rose décoré d'une marqueterie à carrelage d'hexagones. Sur la ceinture, une porte à coulisse découvre trois tiroirs superposés. Le dessus de la table, orné d'une plaque de vieux Sèvres, pâte tendre, décorée d'un semis de roses, et la tablette d'entrejambes sont bordés de galeries de cuivre. Époque Louis XV. — Haut., 72 cent. ; diam., 32 cent.

365 — Table de nuit carrée à pieds droits, en marqueterie de
bois, à carrelage sur fond de bois rose. Époque Louis XVI. —
Haut., 71 cent. ; larg., 44 cent.

366 — Meuble demi-lune à deux corps, en bois rose et marqueterie, à médaillons contenant des bouquets et à fond quadrillé ;
le bas du meuble est à deux portes pleines ; le corps supérieur, en retrait, a deux portes vitrées et des étagères latérales
bordées de galeries de cuivre ainsi que le dessus. Époque
Louis XVI. — Haut., 1 m. 25 cent.; larg., 95 cent.

367 — Table-bureau à tiroirs sur les quatre faces, en bois
d'acajou, garnie de cuivre. Époque Louis XVI. — Long.,
95 cent. ; long., 63 cent.

368 — Table barlongue à angles coupés, en bois d'acajou, soutenue par huit pieds cannelés ; elle est bordée d'une moulure à
oves, lauriers et rubans en bronze doré, et décorée sur la ceinture de rinceaux ajourés en cuivre estampé. — Long., 1 m.
22 cent.

369 — Petit entredeux, peu profond, à face principale légèrement
contournée et à côtés plans, en bois satiné, supporté par
quatre pieds cambrés. Il ouvre à deux vantaux que surmonte
un tiroir bas placé au-dessous de deux autres tiroirs, dont l'un
forme bureau. Entrées et sabots en cuivre. Tablette de marbre
bordée d'un quart de rond. Époque Louis XV. — Haut.,
81 cent. ; long., 77 cent. ; profond., 31 cent.

370 — Secrétaire étroit, à demi-colonnes d'angles, de l'époque
Louis XVI, en bois satiné et bois rose, décoré de filets d'encadrements en marqueterie de bois clair ; les colonnes portent
de fausses cannelures. Il est garni de cuivres : triglyphes,
entrées et anneaux de tirage. Dessus en marbre. — Haut., 1 m.
32 cent ; larg., 48 cent.

371 — Armoire à deux portes pleines et à corniche contournée,
du xvii⁰ siècle, décorée d'oiseaux, de chimères et de branchages, dans le goût chinois, en incrustations de burgau sur
fond laqué noir. — Haut., 2 m. 30 cent. ; larg., 1 m. 20 cent.

372 — Bureau-commode de forme contournée, en bois rose,
décoré, en marqueterie de bois clairs, de branchages de fleurs,
de bouquets et de filets d'encadrement. L'abattant légèrement
convexe est orné d'un trophée d'instruments de musique. —
Époque Louis XV. — Haut , 1 mètre ; larg., 90 cent.

373 — Commode à quatre tiroirs et à angles abattus, en bois rose
et palissandre incrustés de filets de bois clairs. Le tiroir supérieur s'abat et forme bureau. Dessus en marbre gris. Époque
Louis XVI. — Haut., 95 cent. ; larg., 1 m. 5 cent.

374 — Armoire Louis XVI, à portes vitrées, en bois d'acajou garni
de baguettes de cuivre uni. Dessus en marbre blanc à galerie
de cuivre. — Haut., 1 m. 40 cent. ; larg.. 95 cent.

375 — Guéridon Louis XVI, à tablette de marbre blanc bordée
d'une galerie de cuivre et soutenue par une colonne cannelée,
élevée sur trépied en bois d'acajou. — Haut., 73 cent. ; diam.,
64 cent.

376 — Encoignure du temps de Louis XV, en bois satiné, ouvrant
à deux portes décorées chacune de cinq branches de fleurs, en
marqueterie de bois clair. Tablette en marbre. — Haut.,
82 cent. ; larg., 56 cent.

377 — Table de trictrac de l'époque Louis XVI, à pilastres et
pieds cannelés, garnie sur chacun des grands côtés d'un
masque de Méduse et de deux mufles de lion à anneaux
engoulés, en bronze doré. — Long.. 1 m. 13 cent. ; larg.,
59 cent.

378 — Petite armoire à portes vitrées, en laque, à décor de
rochers, d'arbres et de kiosques chinois en dorure sur fond
rouge; elle est garnie de charnières en cuivre gravé et doré
et repose sur un socle en bois noir, de style chinois. — Haut.,
1 m. 45 cent.; larg., 95 cent.

379 — Petite table à jouer, en bois satiné, à dessus tournant sur
pivot, décoré d'un damier en marqueterie de bois. Époque
Louis XV. — Long., 70 cent.

380 — Petite table ronde en racine de bois clair, à dessus mobile
et à tablette d'entrejambes. Pieds rapportés en bois noir.
Époque Louis XVI. — Diam., 43 cent.

381 — Table de toilette en bois rose et bois violette, avec filets
en marqueterie. Époque Louis XVI. — Long., 86 cent.

382 — Petit cabinet à portes et tiroirs recouverts par un abattant;
il est décoré extérieurement et intérieurement de plaquettes
en ivoire gravé à motifs de feuillages et d'arabesques. Travail
indien. — Haut., 22 cent.; larg., 31 cent.

383 — Coffret en bois violette, garni de pentures se terminant en
fleurs de lis, d'un fermoir à moraillon et d'écoinçons en
cuivre. xvii⁰ siècle. — Haut., 21 cent.; long., 36 cent.

384 — Table de nuit ovale en noyer, sur quatre pieds droits, avec
dessus de marbre blanc entouré d'une balustrade de cuivre
découpé. Époque Louis XVI. — Haut., 73 cent.; grand diamètre, 55 cent.

385 — Petit bureau Louis XVI, en acajou à pieds cannelés, dessus
se rabattant, et corps supérieur, en retrait, à tiroirs et à
portes vitrées. — Haut., 1 m. 9 cent.; larg., 66 cent.

386 — Bureau Louis XV, à dos d'âne et pieds légèrement arqués, en bois de palissandre. — Haut.; 92 cent.: larg., 88 cent.

387 — Console Louis XVI, à côtés cintrés et tablette d'entrejambes en bois d'acajou. Dessus en marbre blanc à galerie de cuivre. — Haut., 85 cent : larg., 80 cent.

388 — Guéridon rond Louis XVI, en acajou garni de baguettes de cuivre poli et porté par quatre pieds cannelés. Dessus en marbre blanc bordé d'une galerie de cuivre. — Haut., 70 cent.; diam., 65 cent.

389 — Commode droite Louis XVI, en acajou à baguettes et poignées de tirage en cuivre poli. Dessus de marbre blanc bordé d'une galerie de cuivre découpé. — Haut., 85 cent.: larg., 80 cent.

390 — Table de toilette Louis XVI, en noyer ciré. — Haut., 70 cent.; larg., 75 cent.

391 — Console Louis XVI, à côtés cintrés et rentrants, en bois d'acajou garni de baguettes de cuivre. Dessus de marbre blanc à galerie. — Haut.. 85 cent.: larg.. 95 cent.

392 — Glace psyché en acajou, garnie de cuivres: perles, tigettes et feuilles; les montants sont formés de colonnes cannelées. — Haut.. 1 m. 85 cent.: larg., 85 cent.

393 — Commode Louis XVI, en acajou, à trois tiroirs et à montants arrondis et cannelés. — Haut., 82 cent.: larg., 96 cent.

394 — Commode droite Louis XVI, à deux tiroirs, sur pieds légèrement cambrés, en bois de rose marqueté à filets. Dessus de marbre noir. — Haut., 83 cent.; larg., 80 cent.

BRODERIES

395 — Belle décoration de deux grandes croisées, composée de six pièces : deux larges rideaux, deux rideaux étroits, un lambrequin drapé en satins de Chine, fond bleu, fond rose et fond crème, richement brodés de fleurs et d'arabesques en soies de toutes couleurs, et un lambrequin drapé de lampas Louis XV, à large dessin broché sur fond crème. — Hauteur des rideaux, 3 m. 55 cent.

396 — Belle portière de satin orangé, couverte de fleurs arabesques en relief, brodées en fils dorés et argentés, avec quelques feuillages en soie verte. xvii⁰ siècle. — Haut., 3 m. 5 cent.: larg., 2 m. 25 cent.

397 — Couvre-lit de satin bleu pâle, décoré de festons de fleurs en broderies de soies de couleurs ; il est entouré d'une frange métallique. xviii⁰ siècle. — 2 m. 55 cent. sur 2 m. 15 cent.

398 — Deux pentes en satin crème du xvii⁰ siècle, décorées de festons de fleurs et de rinceaux brodés en soies de couleurs et entourées d'une bande de satin de laine rouge feu, bordée d'un effilé de même couleur. — Haut., 2 m. 15 cent.: larg., 75 cent.

399 — Lambrequin à bords contournés en soie crème, à bouquets et festons brodés en soies de couleurs, entouré de satin de laine rouge feu. — Larg., 2 m. 90 cent.

400 — Bandeau ou lambrequin de soie crème, à motifs de fleurs et de rinceaux brodés en soies multicolores et fils d'argent. xviii⁰ siècle. Le bas est bordé d'un petit effilé. — Haut., 80 cent.; larg., 1 m. 30 cent.

401 — Portière en satinette, vieux rose, décorée d'un médaillon

central et de bandes appliquées d'ancienne broderie à festons
de fleurs, en couleurs, sur taffetas blanc. — Haut., 2 m. 65 cent.:
larg., 1 m. 40 cent.

102 — Tapis rectangulaire en broderie de soies et de fils d'argent
sur tissu rouge, offrant au centre une grosse rosace ornementale, et tout autour deux rangées de bouquets. Travail du
XVII⁰ siècle. Il est entouré d'une bande de peluche bleue et
bordé de glands. — Long., 1 m. 80 cent.: larg.. 1 m. 60.

103 — Quatre panneaux de tenture en satin orangé, décorés de
figures, de troncs d'arbres, de rochers et de chalets rustiques,
dans le goût chinois, en broderie au passé de soies multicolores. Travail de l'époque Louis XV. — Dimension de chaque
panneau : haut., 2 m. 25 cent.: larg., 1 m. 80 cent.

104 — Grand rideau de soie bleue recouverte de grands rinceaux
fleuris et d'oiseaux en broderie de soies multicolores.
XVII⁰ siècle. — Haut.. 2 m. 60 cent.: larg.. 1 m. 75 cent.

105 — Large lambrequin ou bandeau, décoré de gerbes de fleurs
brodées en soies de couleurs et de grands rinceaux en fils et
lamés d'argent, sur fond blanc. Époque Louis XIV. — Haut..
90 cent.; larg., 2 mètres.

106 — Beau panneau en forme de trapèze, en satin crème, très
finement brodé en soies de toutes couleurs. Il représente une
corbeille de fleurs surmontée d'une couronne et posée sur un
lambrequin ; tout autour, des gracieux festons, des guirlandes,
des rinceaux déliés serpentent sur le fond et forment encadrement. Jolie pièce de l'époque Louis XIV. — Haut.,
1 m. 10 cent.: largeur en haut, 54 cent.: largeur en bas,
84 cent.

107 — Bande de satin crème décorée de fleurs brodées en soies
de couleur et de rinceaux en fils métalliques argentés. Il est
bordé d'un effilé doré. — Environ 3 mètres.

408 — Petit paravent à quatre feuilles, en peluche havane, décoré de quatre panneaux en satin crème du xviiiᵉ siècle, couverts de rinceaux et de fleurs en broderie d'argent et de soies de couleurs. — Haut., 1 m. 26 cent.

409 — Tableau exécuté en broderie de soie et de chenille, représentant une jeune fille assise sous une tonnelle. Cadre en bois sculpté et doré. — Haut., 40 cent.; larg., 33 cent.

410 — Tableau en broderie de soie et de chenille, représentant une bergère tenant une quenouille. Cadre en bois sculpté et doré. — Haut., 40 cent.; larg., 33 cent.

411 — Deux lambrequins en soie crème, décorés de fleurs et de rinceaux déliés en broderie de soies de couleurs. Époque Louis XIV. — Haut., 50 cent.; long., 1 m. 90 cent.

412-413 — Cinq petits coussins en satin et en soie, ornés de carrés de soie blanche à bouquets et ornements très finement brodés en soies multicolores du xviiiᵉ siècle. — 30 cent. sur 30 cent.

414 — Deux petits coussins japonais, carrés, en soie gros bleu décorée de fleurs et de papillons en broderies de soies multicolores. — 30 cent. sur 30 cent.

415 — Petit tapis de soie rose à gros grain traversé de deux bandes de satin bleu décorées de broderie : figures chinoises, kiosques et arbres; il est bordé d'un effilé multicolore. 80 cent. sur 55 cent.

416 — Feuille d'écran en satin rosé, ornée de fleurs, de feuilles et d'une couronne fermée, en broderie d'or, d'argent et de soies de couleurs. Entourage en peluche verte. Broderie du xviiᵉ siècle. — Haut., 1 mètre; larg., 75 cent.

417 — Petit tapis de satin rosé, parsemé de branches de fleurs des

champs, finement brodées en soies de couleurs. Il est bordé
d'un effilé. Époque Louis XVI. — Long., 95 cent.; larg.,
60 cent.

418 — Quatre petits morceaux de satin et de soie crème, décorés
en broderies de soies de couleurs. xviiie siècle.

419 — Belle chasuble de satin crème, parsemée de gerbes de
fleurs brodées en soies de couleurs et en fils d'argent entremêlés de paillettes. xviiie siècle. — Haut., 1 m. 20 cent.;
larg., 65 cent.

420 — Plusieurs coupes de taffetas crème décoré de branches et
de festons de roses, brodés en soies de couleurs. Époque
Louis XV. Grand morceau. — Long., 95 cent.: larg.,
65 cent.

421 — Tapis de satin jaune, à large bordure et grande rosace
centrale composées de fleurs et de rinceaux brodés au point
de chainette, en soies de couleurs. xviie siècle. — Long.,
2 mètres : larg., 1 m. 5 cent.

422 — Tapis à angles coupés, formé d'un carré de damas blanc à
feston de fleurs entourant un paon inscrit dans une couronne,
en broderie de soies de couleurs au passé, et de deux bandes
de soie à grains verts sur fond rose. xviiie siècle. — 1 m.
20 cent. sur 70 cent.

423 — Dessus de cheminée en satin gris perle, décoré de bouquets et de gerbes brodés en soies de couleurs et fils d'argent, et bordé d'une dentelle argentée. — Long., 1 m.
70 cent.; larg., 40 cent.

424 — Tapis long composé de carrés de guipure et de toile,
brodé en soies de couleurs ; il est bordé d'une guipure feston-
née. — Long., 1 m. 20 cent.: larg., 70 cent.

425 — Deux coupons de toile brodée en rouge, à dessins de style oriental ; ils sont bordés, sur un côté, de guipure de fil.

426 — Rideau composé de petits carrés d'ancienne guipure, rosaces, étoiles, vases de fleurs, etc. — Long., 1 m. 75 cent.: larg., 1 m. 30 cent.

427 — Lot de franges, d'effilés, de galons métalliques, de glands, etc.

SOIERIES

428 — Morceau de lampas Louis XV, fond bleu à raies blanches damassées, décoré de bouquets et de festons brochés en couleurs. — Long., 1 mètre: larg., 90 cent.

429 — Cinq coupes de soie côtelée à bouquets, brochées en couleur sur champ bleu. — Long., 1 mètre ; larg., 50 cent.

430 — Jupe de soie Louis XV, à bouquets polychromes et ornements blancs brochés sur fond bleu violacé. — Long., 3 m. 70 cent.: haut., 95 cent.

431 — Petit tapis carré en soie, à festons de fleurs brochées vert et blanc sur fond rose. — 65 cent. sur 65 cent.

432 — Environ 5 mètres en plusieurs coupes de taffetas crème Louis XVI, à raies satinées sur fond côtelé.

433 — Trois coupons de soie crème Louis XVI, à fleurettes jetées et festons brochés en couleurs.

434 — Coupe de taffetas crème à raies, parsemé de roses et de fleurettes, brochées en couleur. — Long., 1 m. 25 cent.: larg., 50 cent.

TAPISSERIES

135 — Grande et magnifique tapisserie du commencement du
xviii° siècle, d'un coloris très agréable et d'un charmant effet
décoratif. Deux amours, l'un voltigeant, l'autre agenouillé et
buvant à une gourde, un paon, des buissons de fleurs, un
beau vase d'orfèvrerie d'où s'échappe une gerbe de pavots et
de grosses fleurs et supporté par un piédestal quadrangulaire,
sont représentés sous un portique de treillage, tapissé de
plantes grimpantes, décoré de guirlandes s'attachant à une
couronne et surmonté de deux vases Médicis contenant des
bouquets. Le tout ressort sur un fond clair. La bordure est
formée d'un feston de roses s'enroulant autour d'une trin-
glette et se détachant sur un fond bleu. — Haut., 4 mètres ;
larg., 3 m. 30 cent.

136 — Deux rideaux en velours grenat, garnis chacun, dans le
haut et dans la hauteur, de larges bandes de tapisserie à décor
de fruits et de fleurs qui datent de la première moitié du
xviii° siècle. Dans le bas, long effilé de laine varié de nuances.
— Hauteur totale, 3 m. 50 cent.; largeur de la bande, 42 cent.

137 — Portière composée de deux larges bandes d'ancienne tapisserie verdure, séparées par une bande de velours grenat. —
Haut., 2 m. 70 cent.; larg., 1 m. 38 cent.

138 — Petit panneau d'ancienne tapisserie représentant un paysage avec des oiseaux au premier plan, et une ville au bord
de la mer dans l'éloignement. — Haut., 2 mètres; larg.,
1 m. 5 cent.

139 — Deux rideaux d'étoffe rouge, garnis chacun d'une bande

d'ancienne tapisserie formée d'un feston de fleurs contourné
en spirale. — Haut., 3 m. 60 cent.

440 — Portière de velours grenat, encadrée d'une large bande
d'ancienne tapisserie verdure. — Haut., 2 m. 80 cent.; larg.,
1 m. 60 cent.